당신이
이기지 못할
상처는
없다

··· 심리상담가가 문학에서 찾아낸 한 문장의 위로와 응원 ···

당신이 이기지 못할 상처는 없다

박민근 지음

청림출판

당신이 아픈 건
아직 희망의 이야기를 찾지 못해서다

살다 보면 마음을 다치는 일이 있다. 그때 우리는 상처 난 마음을 추스르고 다시 일어서기도 하지만, 때로는 그 상처 안에 오래 머물기도 한다. 왜 우리는 마음의 상처에서 벗어나지 못할까? 그것은 상처를 이길 만한 이야기를 아직 찾지 못해서이다. 우울하고 불안한 마음은 원래 자신의 것이 아니다. 힘든 상황이 거듭되면 사람은 자기가 보았던 슬픔으로 어두운 미래를 떠올리고, 그 미래가 자기 삶을 온통 지배할 것이라고 믿는다. 마음에 생겨난 절망도 실은 배우는 것이다.

처음 상담실로 들어서던 정연 씨의 모습을 잊을 수 없다. 세상 모든 것이 끝나기라도 한 듯 절망스러운 표정이었다. 이번이 자신에게 주는 마지막 기회라는 마음으로 상담을 청했다고 했다. 중소기업의 재무부서에서 일하는 서른 살의 정연 씨는 가정불화로 불우한 어린 시절을 보냈다. 학창 시절 공부도 제대로 할 수 없었고 원하던 꿈도 이루지 못했다. 지금도 힘든 인간관계와 생활고에 시달리고 있다. 그녀에게는 자신에 대한 긍정적인 믿음이 전무했다. 늘 남의 눈치나 보는 자신이 한심하다고 했다. 그녀가 들려주는 성장 과정과 청춘의 한때는 우울하고 고통스러운 한 편의 비극과도 같았다.

그런데 내가 놀랐던 건, 그녀가 지난 몇 년간 단 한 권의 책도 읽지 않았다는 것이다. 상담을 받으면서 정연 씨는 몇 년 만에 다시 책을 읽었다. 처음엔 짤막한 그림책과 영상으로 시작했다. 몇 편의 영화가 그녀 마음을 열었다. 그리고 한 권의 책이 그녀 마음을 움직였다. 《바보 빅터》였다.

책의 주인공 빅터 로저스는 IQ 173의 천재이자 멘사 회장이다. 그런데 말더듬이었던 어린 그를 지진아라고 여겼던 담임선생은 IQ 검사 통지서에 1을 뺀 73만 적는다. 이를 본 어린 빅터는 자신을 바보로 여기며 살아야 했다. 그러나 어느 순간 자신의 실제 지능을 알면서 삶의 큰 변화를 겪는다.

정연 씨는 빅터의 이야기에 공감했다. 그러나 더 깊이 공감한 건 또 한 명의 주인공 로라 던컨의 이야기였다. 어린 시절, 그녀는 부모에게서 매번 못생겼다는 핀잔을 들으며 살았다. 훌륭한 작가가될 재능이 있었지만, 내내 자신의 재능을 믿지 못했다. 오로지 돈을 벌어 성형수술을 받아야겠다는 생각에만 빠져들었다.

그러던 어느 날 로라는 우연히 방송 토크쇼에 출연하고 청중 앞에서 자신이 못생겼다고 말한다. 청중은 당황한다. 사실 그녀는 아름다웠기 때문이다. 그 자리에서 로라의 부모는 충격적인 사실을 전한다.

어머니는 왜 로라가 저렇게 생각하게 되었는지에 대한 숨은 사연을 전했다. "로라가 다섯 살 때였습니다. 아주 끔찍한 일이 있었어요. 백화점에서 갔다가 로라를 유… 유괴당했어요. (……) 로라가 너무 예뻐 유괴당한 것이라고밖에 생각할 수 없었습니다. 그래서 딸아이에게 못난이라는 별명을 붙여주고 예쁜 옷도 입혀주지 않았어요." (……) 이야기를 듣던 로라는 온몸이 마비된 것 같았다. 그 때문에 오랜 세월 로라는 자신이 못났으며, 아무것도 잘 할 수 없는 사람이라고 믿으며 살아왔던 것이다. (……) "엄마. 전 제가 한심하고 미워서 견딜 수가 없었어요."

자신들의 잘못을 깨달은 부모는 그 자리에서 용서를 빌었다. 그날 이후 로라는 자신을 새롭게 생각하게 되었다. 비겁하게 외모에 모든 책임을 돌리고 있다는 사실을 깨달은 다음부터 답을 찾은 로라는 이제 남의 말이나 판단이 아닌 자신에 대한 온당한 믿음을 갖게 되었다.

정연 씨의 엄마 역시 딸에게 자주 "못난 게"라고 쏘아붙였다고 했다. 로라의 이야기를 읽으며 그녀는 자신 역시 로라처럼 살았다는 걸 깨달았다. 자신에 대한 편견이 지금 자기 삶을 망친다는 것도 알았다. 알고 보면 정연 씨는 힘든 형편에도 엄마를 모시며 굳세게 살아온 사람이었다. 어려운 가운데서도 야간대학을 마치고 회사에서 가장 빨리 주임으로 승진했다. 결코 '못난' 인생이 아니었다.

《바보 빅터》를 읽은 후, 나는 정연 씨에게 지난 삶을 다시 적어보자고 했다. 그녀는 더 이상 자신의 인생을 비극으로 적지 않는다. '힘들었으나 대견하게 잘 견뎌온 삶.' 이제 정연 씨는 자신의 삶을 그렇게 정의한다.

세상에 떠다니는 우울한 이야기들은 사람들을 불안으로 물들인다. 꿈을 잃어버린 사람들의 이야기, 경쟁에 뒤처져 주저앉은 사람들의 이야기, 아픔을 홀로 견뎌야 하는 사람들의 이야기들은 우리의 마음을 무채색으로 물들인다. 치유의 서사보다 파괴의 서사가 더 강하게 우리를 세뇌시키기 때문이다.

단 한 번의 인생을 선물 받은 우리가 해야 할 일은 우리 삶을 빛으로 물들이는 것이다. 불행의 서사를 희망으로 다시 쓰는 용기가 필요하다. 잿빛 생각을 벗고 다시 낙관적인 사람이 되려면 희망의 이야기를 배워야 한다. 아직 상처에서 벗어나지 못했다면, 당신에게 필요한 것은 평온하고 따사로운 이야기이다.

영적인 심리학자인 빅터 프랭클은 절망의 순간에 희망은 자란다는 사실을 알려주었다. 나치의 수용소에서 숱한 생존의 기로에 섰던 그가 깨달은 것은, 역경이 인간을 성장시킨다는 것이었다. 한 인간에게 삶이 끝나는 순간은 희망이 죽는 순간이다. 희망이 있는 한 인간은 살아갈 수 있다.

누구든 길을 잠시 잃을 때가 있지만 또 누구든 마음을 기울이면 다시 길을 찾을 수 있다. 그럴 때 좋은 이야기는 에너지를 채우는 씨앗이 된다. 나 역시 아주 힘든 시절, 의미 있는 소설이나 동화, 영화 속의 이야기들이 나를 치유해 주었다.

나는 매번 내가 발견한 희망의 이야기를, 그 안에 담긴 의미를 내 담자들에게 들려준다. 그들이 품은 절망의 단서들이 틀렸다는 사실을 보이고, 스스로 긍정의 발견에 이르도록 돕는다. 회복과 치유의 이야기들이 마음에 스며들면, 그들 안에 숨어 있던 희망이 움트기 시작한다. 우울한 이들은 마음의 구름을 걷어내고, 불안한 이들은 걱정의 그림자를 지워낸다. 과거만을 품던 이들은 미래를 이야기한다. 나는 상담실에서 매번 그 변화를 목격한다. 절망하고 있다면, 이제 깨어날 시간이다. 희망의 이야기로 당신은 다시 일어설 수 있다.

이 책은 당신 안에 새겨진 상처를 보듬고 삶의 궁극으로 인도하는 성장 스토리와 치유의 메시지를 전할 것이다. 당신의 마음을 다독여줄 이야기는 이미 한 편의 그림책에, 시에, 소설에, 영화에, 다큐멘터리에 있다. 당신은 다만 마음을 열어 그 이야기를 깨우고, 경청하면 된다. 그 이야기가 당신의 상처를 어루만질 것이다. 당신이 이기지 못할 상처는 없다.

차례

일러두기
본문에 등장한 상담 사례는 저자의 실제 상담 사례이나 내담자의 사생활 보호를 위해 일부 가명을 썼습니다.

Chapter

1

마음이 눈물에 지지 않도록

"전 이 드라이브를 마음껏 즐기기로 결심했어요.
제가 즐기겠다고 마음먹으면 항상 전 그 일을 즐길 수 있었거든요."

_《빨간 머리 앤》 중에서

··· 어떻게 마음이 잃어버린 시간을
찾아야 할까? ···

미하엘 엔데 《모모》

윤수 씨는 외국에서 의류를 수입해 국내에 파는 오퍼상이었다. 사업은 말 그대로 탄탄대로였다. 서른이 갓 넘은 나이에 소위 대박을 터뜨렸다.

1년에 석 달 이상을 외국에 체류하는 윤수 씨는 그날도 홍콩으로 가는 비행기 안에 앉아 있었다. 그런데 갑자기 가슴이 답답해지면서 숨을 쉴 수가 없었다. 비행기에 타고 있던 두 의사 덕분에 겨우 목숨을 구할 수 있었다. 비행기는 급히 제주도에 섰고 공항에는 앰뷸런스까지 대기해 있었다. 이 일은 지역 방송국 뉴스에도 나왔다고 했다.

하지만 그것은 죽을 일은 아니었다. 공황발작(panic attack)이었다. 공황발작은 공황장애(panic disorder)의 주 증상으로 맥박이 비정상적으로 빨라지고 가슴이 답답해지면서 숨 쉬기 어려운 신체 증상이다. 이때 환자는 죽음에 이를 듯한 극한의 불안을 느낀다.

윤수 씨의 불안은 물론 갑작스럽게 성공한 사업으로 생겨난 것이었지만, 얼마쯤은 심리적 배후도 가지고 있었다.

몇 해 전 그에게는 목숨처럼 사랑하던 여자가 있었다. 그녀의 아버지는 정부 관료까지 지낸 대단한 배경의 사람이었다. 당연히 가진 것 없고 볼품없는 윤수 씨와의 결혼을 반대했다. 그런데 일이 터지고 말았다.

윤수 씨 때문에 아버지와 사이가 나빠진 그녀가 친한 친구 집에 머물며 아버지에게 시위를 벌이던 중, 마음을 추스르려고 여행을 갔다가 그만 교통사고를 당했다. 다행히 목숨은 건졌지만 척추를 다쳐 다리를 저는 장애를 가지게 되었다. 그제야 그녀의 부모는 그를 허락했지만 그녀는 짐이 되기 싫다며 캐나다로 이민을 가버렸다.

그 일은 지워지지 않는 상처였다. 윤수 씨는 그때 결심했다. 누군가에게 무시당하지 않는 사람이 되어 보이겠다고 말이다. 그 후 4년을 악착같이 살았다. 단 1분, 1초도 허투루 쓰지 않고 밤잠을 아껴가며 일했다.

다행히 함께 일했던 선배에게서 사업 일부를 인수받을 수 있었고, 불과 1~2년 만에 남들이 부러워할 성공을 거두었다. 그 정상에서 갑자기 사업에 꼭 필요한 비행기 탑승이 어려워졌으니 환장할 노릇이었다.

그 후 몇 번이고 제주도행 비행기를 타보려 했으나 소용이 없었다. 대합실 앞에서 번번이 발작이 일어났다. 그는 자신이 겪고 있는 것이 공황장애라는 사실을 알고 있었다. 하지만 그는 내게 공황장애를 어떻게 치료할 수 있느냐를 묻지 않고, 어떻게 하면 비행기를 다시 탈 수 있겠는가만 물었다.

나는 그에게 잃어버린 시간을 되찾아야 다시 비행기를 탈 수 있을 거라고 말했다.

시간을 훔치는 도둑

...

미하엘 엔데의 소설 《모모》는 '시간을 훔치는 도둑과, 그 도둑이 훔쳐간 시간을 찾아주는 한 소녀에 대한 이상한 이야기'라는 부제를 달고 있다. 미하엘 엔데는 인간과 생태계의 파멸을 불러일으키는 현대문명의 문제를 다룬 판타지 소설들을 써 명성을 얻었다.

소설의 줄거리는 이렇다. 어느 도시의 남쪽에 있는 원형극장에서 사람들은 작은 소녀 모모를 발견한다. 모모는 고아원에서 모진 고생을 하다 도망쳐나왔다. 수를 몰라 자기 나이도 모르는 아이였다. 사람들은 모모를 돌봐주려 했지만 모모는 누구의 집에 가기를 거절하고 자기는 자기가 돌보겠다고 말한다. 사람들은 모모에게 살 곳을 마련해준다.

모모는 남의 말을 경청하는 재주를 가지고 있었다. 사람들이 하는 말을 진심으로 들을 줄 아는 아이였다. 모모에게 자기 이야기를 하고 나면 사람들은 용기를 얻었다. 다투던 사람들도 화해했다. 아이들도 모모를 따랐다. 모모가 매번 새로운 놀이를 생각해 내고 즐거운 상상 이야기를 해줬기 때문이다.

어느 날부터 도시에는 '시간저축은행' 사원들이 출몰하기 시작한다. 이 '회색 신사'들은 마을사람들이 시간을 낭비하고 있으며, 시간을 절약해 일에 더 투자해야 한다고 떠들고 다닌다. 그들은 사실 마을사람들의 시간을 빼앗기 위해 벼르는 시간 도둑들이었다.

이들에게 설득당한 마을사람들은 더 이상 모모를 찾아오지 않았다. 도로청소부 베포 할아버지, 여행안내원 기기, 그리고 아이들만이 계속 원형극장을 찾는다.

영업을 방해한다는 이유로 모모가 회색 신사들에게 쫓기자, 호라 박사는 모모를 돕는다. 호라 박사는 사람들의 귀중한 시간을 지켜주는 존재이다. 그를 만난 모모는 시간의 참뜻을 깨닫는다.

모모가 하루 만에 마을로 돌아왔을 때 이미 시간은 1년이 지나 있었다. 그리고 모모의 손에는 시간의 꽃이 들려 있었다. 회색 신사들은 시간의 꽃을 훔치려 하지만, 자신들의 에너지원인 시가(cigar)를 놓치면서 사라지고 만다.

사람들은 예전으로 돌아갔고 다시 유쾌해졌으며 모모에게 찾아와 상상의 이야기를 들었다.

이 소설은 윤수 씨에게 더없이 안성맞춤이었지만, 그는 마음의 여유가 없다며 번번이 읽어오지 못했다. 나는 요약된 줄거리를 보인 다음 몇 군데를 읽도록 했다.

"처음에는 거의 눈치를 채지 못해. 허나 어느 날 갑자기 아무것도 하고 싶은 의욕이 없어지지. 어떤 것에도 흥미를 느낄 수 없지. 한 마디로 지루한 게야. (……) 그러면 그 사람은 차츰 기분이 언짢아지고, 가슴속이 텅 빈 것 같고, 스스로와 이 세상에 대한 불만을 느끼게 된단다.

그 다음에는 그런 감정마저 서서히 사라져 결국 아무런 감정도 느끼지 못하게 되지. 무관심해지고, 잿빛이 되는 게야. 온 세상이 낯설게 느껴지고, 자기와는 아무 상관도 없는 것 같아지는 게지. 이제 그 사람은 화도 내지 않고, 뜨겁게 열광하는 법도 없어. 기뻐하지도 않고, 슬퍼하지도 않아. 웃음과 눈물을 잊는 게야. 그러면 그 사람은 차디차게 변해서, 그 어떤 것도, 그 어떤 사람도 사랑할 수 없게 된단다."

윤수 씨는 이 대목을 한참 바라보았다. 마치 자신의 일기를 읽는 것처럼 느껴진다고 했다.

회사 매출이 정점에 다다른 어느 날, 그는 혼자 술을 마셨는데 돌아오는 택시 안에서 밀려드는 허무감을 주체할 수 없었다. 그날 이후 쭉 이 기분에 사로잡혀 있었다. 이제 좋은 것을 봐도 좋은 줄 모르고 슬픈 일이 있어도 슬픔을 느끼지 못했다. 얼마 전 아버지가 위암 수술을 받았지만 윤수 씨는 조금도 슬프지 않았다.

나는 그의 몸과 뇌에서 일어나는 일에 대해 상세히 설명해 주었다. 긴장한 당신의 몸이 질식할 것 같은 느낌을 만들어내지만, 이는 몸이 생명 유지를 위해 취하는 방어적인 상태일 뿐이라고 일러주었다. 몸이 살기 위해 스트레스 반응을 보인 것인데, 당신의 뇌가 이를 잘못 판단해서 불안, 즉 공황발작을 일으키는 것이라고 말이다. 대개의 임상 결과처럼 윤수 씨 역시 이 사실을 알고부터 급격히 호전되었다.

하지만 문제는 시간에 대한 그의 강박관념이었다. 어쩌면 그는 여자친구의 사고 이후 멈춰진 시간을 살고 있는지도 몰랐다. 그래서 외국을 숱하게 다니면서도 그 흔한 시내 투어 한 번 하지 않았다. 짧은 시간에 많은 것을 해내려 하지만, 아무것도 제대로 달성하지 못하는 뒤죽박죽인 시간을 살고 있었다.

지난 4년간 그는 꽉 쪼이는 조끼를 입은 것처럼 갑갑한 시간을 살았다. 새벽같이 일어나 출근을 서둘렀고 채 일곱 시가 되기 전에 회사에 도착했다. 그리고 오전에 산더미 같은 업무를 자력으로 처리해냈다. 회사에는 자신의 일을 도울 만한 직원이 없었다. 마케팅이나 경리 업무, 대리점 영업 같은 일을 하는 직원만 대여섯 두고 있었다. 회계부터 상품 선별이나 주문 같은 복잡하면서도 중요한 일은 그가 오로지 도맡아 해냈다.

점심은 직원을 시켜 햄버거나 도시락을 사오게 해서 때우기 일쑤였고, 퇴근시간도 정해져 있지 않았다. 자신을 위한 시간이라곤 저녁 여덟 시에서 아홉 시 사이 회사 앞 피트니스센터에서 한 시간쯤 운동하는 것이 고작이었다. 심지어 남들 다 보는 TV조차 보지 않았다.

도대체 무슨 낙으로 사느냐 물었더니, 그는 냉큼 은행에 돈이 쌓이는 것이라고 했다가 말해놓고 머쓱했는지 다른 이유를 한참 궁리했다. 그는 시간을 아끼며 산다고 믿었지만 그 아낀 시간을 어디에 어떻게 써왔는지 제대로 알지 못했다.

《모모》에 나오는 이발사 푸지 씨는 어느 날 시간저축은행 영업사원의 꾐에 빠져 시간을 아껴 쓰는 법을 배우고 그것을 따른다. 그러나 그 뒤 자신의 시간을 잃어버린다.

그는 점점 신경이 날카로워지고 있었다. 시간을 알뜰하게 쪼개 썼지만 손톱만큼의 자투리 시간도 남지 않았다. 정말 이상한 일이었다. 시간은 수수께끼처럼 그냥 사라져버렸다. 그의 하루하루는 점점 더 짧아졌다. (……) 하지만 그는 시간을 아끼는 사람이 으레 그렇듯, 그런 질문은 하지 않았다. 푸지 씨는 편집증에 걸린 사람처럼 시간을 아끼겠다는 생각에 사로잡혀 있었다. 그리고 하루하루가 정말 빠르고 점점 더 빨리 흘러간다는 사실을 새삼 깨닫기라도 하면, 기겁해서 이를 악물고 더욱 더 시간을 아껴 쓰는 것이었다.

윤수 씨도 푸지 씨와 같았다. 어쩌면 윤수 씨만이 아닐 것이다.

우리 모두는 푸지 씨처럼 시간을 아끼려는 충동에 사로잡혀 오히려 제대로 시간을 쓰는 법을 잃어가고 있는지 모른다.

윤수 씨에게는 조깅과 명상 같은 처방들이 매주 몇 가지씩 내려 졌다. 특히 조깅은 그의 심신을 크게 호전시켰다. 숨이 더 가빠지는 상태에서 그는 오히려 자신의 몸에 대해 분명한 인식을 얻을 수 있 었다.

한 달쯤 지나서는 특급 처방이 내려졌다. 하루에 두 번 이상 하늘 보기. 하루에 한 번 이상 소중한 사람과 편안하게 통화하기. 하루에 한 끼는 천천히 식사한 뒤 커피 한 잔 즐기기. 1주일에 한 번은 두 시간씩 걸어보기. 하나도 어렵지 않은 이 일들이 현수 씨를 시간의 수레바퀴에서 벗어나게 했다.

더 근본적으로는 예전의 기억과 이별을 고해야 했다. 나는 진정 마음의 빚을 갚고 싶다면, 비행기를 다시 탈 수 있게 되는 날 캐나 다로 그녀를 찾아가 만나라고 했다. 어떤 미래도 생각하지 말고, 못 다 한 서로의 이야기를 진심으로 나누라고 했다. 며칠 혹은 몇 주가 되어도 상관없을 거라고 덧붙였다. 그것으로 잃어버린 자신의 시간 을 찾을 수 있을 테니 말이다.

《모모》의 결말 중 한 부분은 이렇다.

일하러 가는 사람도 창가에 놓인 꽃의 아름다움에 감탄하거나 새에 게 모이를 줄 시간이 있었다. 의사들은 환자들 한 사람 한 사람을 정성껏 돌볼 시간이 있었다. 노동자들은 일에 대한 애정을 갖고 편안하게 일할 수 있었다. 이제 중요한 것은 가능한 한 짧은 시간 내에 가능한 한 많은 일을 하는 것이 아니었다. 저마다 무슨 일을 하든 자기가 필요한 만큼, 자기가 원하는 만큼의 시간을 낼 수 있었다. 시간이 다시 풍부해진 것이다.

… 그 순간에도 빨간 머리 앤처럼 …

루시 모드 몽고메리 《빨간 머리 앤》

큰 눈망울을 가진 정미는 입양한 아이였다. 정미가 소정 씨네 집으로 온 것은 네 살 때였다. 소정 씨는 정미를 지극정성으로 돌보았다. 하지만 아이가 말썽을 부리며 뜻대로 자라주지 않자 몹시 낙담했다.

여덟 살 난 정미는 학교에서 가만있지 않고, 늘 손톱을 물어뜯으며 안절부절못한다. 소정 씨는 아이에게 아무 걱정하지 말라고 다독이지만 아이는 언제 버려질지 모른다는 불안감에서 좀체 벗어나지 못했다.

소정 씨가 정미를 입양한 데는 그만한 내력이 있었다. 부모님의 이혼으로 할머니 댁에서 자란 소정 씨는 그 상처 때문에 고통스러운 시간을 보냈다. 지금의 남편은 그런 그녀를 참고 견디며 상처를 어루만져 주었다.

소정 씨는 자신의 회복을 더 큰 사랑으로 이어갔다. 복지단체를 찾아다니며 봉사했고, 아이를 두 명 낳아 기르던 어느 날 입양을 결심했다.

정미의 불안한 모습에서 소정 씨는 어릴 적 밭에 나간 할머니를 기다리던 자기 모습이 떠올랐다. 그것은 한없는 기다림이었다. 그래서 정미가 너무나 잘 이해되지만 자신처럼 그 고통이 길게 이어질지 몰라 미치도록 걱정스러웠다. 그런 생각에 최근 밤잠을 이루지 못했다.

어린 시절의 '버림받음'은 이겨내기 힘든 일이다. 부모와의 이별, 애정 결핍은 타인의 시선이나 감정에 연연하는 사람을 만든다. 소정 씨에게도 그것은 극복해야 할 가장 아픈 마음이었다. 양부모의 눈치를 보고 있는 정미의 모습을 볼 때마다 가슴이 아린 것도 자신 역시 여태 그 상처를 극복하지 못한 때문일지 몰랐다.

대개 아동상담의 경우 미술치료나 놀이치료를 해야 하는 데다 바쁜 일정 탓에 직접 맡지 않는 경우가 많지만, 정미만은 내가 맡아 상담하기로 했다. 정미의 애틋한 사정이 나를 그렇게 이끌었다.

비록 초등학교 1학년이었지만 정미는 자신이 버림받았다는 사실을 깊이 각인하고 있었다. 게다가 아이는 예민하고 까다로운 기질을 가지고 있었다. 소정 씨가 조금만 화를 내도 흠칫 흠칫 놀라며 방 안으로 들어가 숨어버렸다.

아이는 언제 누가 다시 자신을 버릴지 모른다는 공포스러운 의심을 품고 있었다. 세상에 대한 강한 불신은 정미가 벗어나야 할 마음이었다.

정미와 나는 매번 좋은 책과 영상으로 치료를 이어나갔다. 정미는 양부모도 아닌 다른 어른이 살갑게 대해주며 마음을 읽어주는 것이 신기하고 당황스러웠던 모양이다. 퍽 오랫동안 '선생님은 도대체 왜 그러는 건데요?' 하는 눈빛으로 나를 응시하고 캐물었다.

그럴수록 세상에는 너를 버린 사람만 있는 것이 아니라 너를 걱정하고 아껴주는 사람도 많다는 점을 책이나 영상, 대화를 통해 알려주었다.

아이들은 부모의 민첩하고 풍부한 정서적 지지가 부족하면 애착 문제가 생긴다. 그럴 때 내면에 깊게 새겨지는 것은 타인과 세상에 대한 불신이다. 이렇게 자라난 이들은 늘 걱정하고 불안해하는 생각 습관을 갖는다. 세상을 부정적으로 바라보는 관점 또한 견고해진다. 비관주의가 깊어지는 것이다.

지나친 낙관주의가 망상인 것처럼 맹목적인 비관주의 역시 환상이다. 세상은 그리 나쁘지도 그리 좋지도 않은 중립이다. 죽을 만큼 힘든 상황도 어떤 이에게는 행복의 조건일 수 있다. 가령 땡볕에서 종일 다이아몬드를 캐는 시에라리온의 아동 노동자들에게 입시지옥에 시달리는 우리 아이들의 삶은 꿈의 궁전일 수 있다.

세상의 중립성에 대해 깨닫고 나면, 사소한 일이나 기쁨에서 큰 평온과 행복을 발견하는 긍정의 돋보기를 얻을 수 있다.

빨간 머리 앤이 된 정미

...

나는 부모와의 이별이라는 상처를 간직한 이들과 상담할 때 루시 모드 몽고메리의 《빨간 머리 앤》을 꼭 권한다. 앤에게는 긍정의 감정 능력, 혹은 자기방어 능력이 있다. 그것은 삶에서 희망을 추출하는 '희망 능력'이기도 하다.

앤은 고아원에서 초록 지붕 집으로 입양된다. 하지만 그것은 착오였다. 매튜와 마릴라 남매가 원한 것은 농장 일을 도울 사내아이였다. 앤은 결국 다시 고아원이나 다른 집으로 보내질 운명에 처한다. 그러나 앤은 늘 그래왔듯이 스스로에게 희망을 주는 일을 멈추지 않는다.

초록 지붕 집에 온 다음 날, 마릴라 아줌마의 손에 이끌려 마차를 타고 다시 스펜서 부인에게 돌려보내질 때도 앤은 이렇게 말한다.

"전 이 드라이브를 마음껏 즐기기로 결심했어요. 제가 즐기겠다고 마음먹으면 항상 전 그 일을 즐길 수 있었거든요."

좌절의 끝에 서서도 앤은 희망의 요정 같은 모습을 보인다. 앤에게 행운이 온 것도 따지고 보면 앤의 지극한 희망 능력 덕분이었다. 앤의 희망은 단지 도피 수단이 아니라 내적 균형을 유지하기 위한 방어 수단이다. 험난한 현실을 살자면 우리에겐 이런 방어 능력이 꼭 필요하다.

마릴라는 결국 앤을 받아들이기로 결심하고, 앤은 그토록 원했던 대로 초록 지붕 집에서 살게 된다. 긴 고난을 겪은 앤에게 그것은 처음으로 찾아오는 짙은 행복이었다.

정미가 아직 어린 탓에, 소정 씨와 정미가 함께 애니메이션 《빨간 머리 앤》을 보기를 권했다.

상담 때마다 나는 소정 씨에게 정미가 긍정의 사고 방법을 차차 배워나가면 초기 양육에서 손상된 신뢰감을 찾을 수 있다는 희망적 메시지를 전했다.

긍정은 연습을 통해 얼마든지 단련된다. 그 연습은 어려운 공부나 싫은 일처럼 고된 과정이 아니라 환희의 씨앗을 하나씩 줍는 행복의 과정이기도 하다. 《빨간 머리 앤》은 그런 긍정 연습을 도와줄 것이다.

이 책은 애니메이션으로 보아도 좋다. 다카하타 이사오와 미야자키 하야오가 만든 동명의 애니메이션은 자극적이고 건조한 영상들에 지친 이들에게 청량함을 선사하는 수작이다.

주근깨투성이 얼굴에 홍당무처럼 빨간 머리카락을 하고 들판을 뛰어다니는 앤의 캐릭터는 세월이 지난 지금도 수많은 사람들의 머릿속에 사랑스런 모습으로 각인되어 있다.

소정 씨와는 예전부터 친분이 있어 올해 열 살이 된 정미 이야기를 가끔 듣는다. 정미는 나와 만난 이후 크게 안정되었다. 지금은

자기 반 아이들 가운데서 가장 밝고 활발한 아이가 되었다.

예전 상담에서 내가 정미에게 몰래 했던 말이 있다.

"엄마가 알면 속상할 테니까 절대 말하지 말고 선생님하고만 비밀로 하는 거야. 정미야, 이제부터 너도 초록 지붕 집에 이사 온 빨간 머리 앤이 되는 거야. 앤처럼 멋지고 씩씩하게 자라서 어여쁜 아가씨가 되는 거야. 알겠지?"

정미는 고개를 끄덕이고는 동그란 눈을 깜빡거렸다. 그 뒤로 정미는 앤처럼 다부진 표정을 지으며 입을 앙다물고 다녔다.

··· 남의 탓이 내 마음을 가둔다 ···

셸 실버스타인 《아낌없이 주는 나무》

김을녀 씨 이야기

···

김을녀 씨는 일흔을 바라보는 노인이다. 충남 서산의 시골 마을에 살며 평생 자식 뒷바라지와 남편 수발을 하며 살아왔다. 초등학교도 졸업하지 못했고, 지금도 손톱이 남아나지 않도록 매일 남의 농사일을 도왔다. 하루 종일 일하면 일당 5만 원 남짓을 번다고 했다.

처음 을녀 씨에게 전화가 왔을 때의 기억이 아직도 생생하다.

"선생님, 제게 못난 아들이 하나 있는데 이놈이 글쎄 집 밖으로 나오지 않습니다. 서른 넘어서까지 사람 구실을 못하니 어미 속이 녹아납니다. 사람들에게 물어보니 심각한 병이라고 해서 고쳐야 쓰겠는데, 도무지 상담을 받을 생각을 안 합니다. 제가 혼자 가서 이야기를 들어도 되겠습니까?"

본인이 오지 않는다면 치료가 힘들다고 거듭 설명했지만 을녀 씨의 의지를 꺾을 수가 없었다. 자기라도 나서서 할 수 있는 일을 모두 해보겠다고 간청했다.

을녀 씨는 정확하게 다섯 번 나를 찾아왔다. 내가 직접 아들을 보러 갈 수 없는 까닭에, 가까운 공공기관에서 도움을 받을 수 있는 방법이나 을녀 씨가 다니는 교회 목사님의 방문을 받는 일 등 다양한 방법들을 알려주었다.

아들에게 해줄 수 있을 만한 말과 도움들도 깨알같이 적어주었다. 일흔 가까운 노모가, 그것도 한글을 겨우 아는 분이 오로지 아들을 위해 내게 심리상담을 배웠던 것이다.

을녀 씨는 자신이 못나고 배운 것이 없어 자식을 잘못 길렀다고 자책했다. 한 번은 못난 자신을 만나 아이가 망가졌다며 하염없이 눈물을 흘렸다. 그 눈물 속에 한시도 편할 날 없었던 그녀의 인생이 어려 있었다.

그 모습에 나는 몸 둘 바를 몰랐다. 비록 현명하지는 않았다고 해도 높고 거룩한 어머니의 사랑을 느꼈다.

저명한 교육가이자 심리학자인 미셸 보바는 《양육 솔루션》에서 부모가 저지르기 쉬운 일곱 가지 치명적인 양육 방식을 설명한다. 그 가운데 헬리콥터형 부모가 있다. 아이 주변을 맴돌며 아이가 살면서 부딪힐 수 있는 문제들을 대신해 주고 미리 제거해 버려 아이가 자립심을 기르는 일을 방해하는 사람이다.

을녀 씨는 제법 공부를 잘하는 외아들이 기특해서 아이 방 청소며 빨래, 먹는 것까지 일일이 챙겨주던 부모였다. 아이가 학교 가는 준비를 하는 동안, 음식을 접시에 바쳐 일일이 입에 넣어주던 어머니였다. 아들은 이때껏 설거지 한 번 한 적이 없었다. 서른이 되도록 어머니에게 속옷을 빨도록 했다.

아이는 해보지 않은 것이 많아질수록 세상사에 두려움을 느끼고, 세상에 대한 이해도 부족해진다. 헬리콥터형 양육을 받은 아이들이 생활에 대한 감각이 부족한 실용지능이 낮은 사람, 독립심이 부족한 사람, 무기력한 사람이 되기 쉬운 것도 그 이유에서다.

10년의 아들 뒷바라지는 가진 것 없고 배운 것 없는 을녀 씨의 삶도 망가뜨렸다. 화가 난 남편은 더 이상 돈을 대줄 수 없으니 아들에게 내려오라고 했고, 서른이 넘은 아들은 시골집 골방에서 매일 게임을 하며 두문불출 나올 줄 몰랐다.

정우 씨 이야기

...

정우 씨는 은둔형 외톨이었다. 그는 서울 소재 대학 1학년을 마치고 군대에 입대했다. 대인 능력이 낮은 그는 군대에서 동료들과 심한 갈등을 겪었고, 그로 인한 피해의식으로 대인공포증이 생겼다. 몇 주 동안이나 탈영해 군교도소에 들어갈 뻔했던 그는 인자한 상관을 만난 덕분에 무사히 제대할 수 있었다.

제대 이후 정우 씨는 타인들에 대한 적개심을 성공에서 찾았다. 그는 'SKY'를 목표로 3년을 수능시험 준비, 2년을 편입시험 준비에 허비했다. 준비를 한다고는 했지만, 부모님에게 받은 돈으로 서울의 고시촌에 거처를 마련하고 게임과 담배, 술로 시간을 허비하며 지냈다.

정우 씨는 엄마 위에 군림하는 군주였다. 자신이 마음대로 부리던 엄마가 이제 돈을 달라고 해도 안 주고 무얼 사달라고 해도 돈이 없다고 하니 잔뜩 골이 나 있었다. 게다가 그는 어마어마한 비관주의를 끌어안고 사는 인물이었다. 원망의 기원은 참으로 우스꽝스러웠다.

고등학교 3학년 때, 과외 선생을 붙여달라고 노래를 불렀지만 빡빡한 생활비에 과외를 시켜줄 수 없었던 엄마를 그는 여전히 원망하고 있었다. 그래서 수학을 망쳤고 수능 점수가 예상보다 낮아서 명문대에 진학할 수 없었다고 했다. 서울에서 수능과 편입 시험 준비를 할 때도 원하는 만큼 경제적 지원을 해주지 않아서 제대로 공부할 수 없었다는 핑계를 댔다.

나는 상당 시간 그의 입장과 견해를 옹호했다. 수틀리면 마음대로 상담을 그만둘 인물이었기 때문이다. 심혈을 기울여 상담에 임하면서 천천히 그에게 정밀한 현실감각을 심어주었다.

자신의 이야기를 털어놓고 고민을 이야기할 수 있게 되자, 기울어졌던 그의 삶도 조금씩 바루어졌다. 가끔 산책을 즐기기도 했다. 나와 스스럼없이 농담도 주고받았다.

긍정심리학의 대가 마틴 셀리그만의 책들을 이용한 비관주의 탈출 훈련은 상당한 호전을 끌어냈다. 그는 셀리그만의 말대로 자신의 무기력이 학습된 것이 분명하며, 이제 좀 더 낙관적인 사고방식과 자기 판단력을 길러 내일을 긍정하는 사람이 되고 싶다고 했다.

어느 날 나는 그를 그가 처한 냉정한 현실과 강력히 대면시키고 싶었다. 근본적인 각성이 이루어지도록 상담을 계획했다. 먼저 짧은 동영상 한 편을 보였다. 수천 킬로미터를 날아가는 기러기에 관한 동영상이었다.

기러기는 V자 대형을 이루고 먼 길을 비행한다. 가장 앞에 선 선두 기러기는 홀로 바람을 뚫고 날아간다. 선두 기러기의 날갯짓이 만들어낸 양력 덕분에 뒤에 줄지어 선 기러기들은 70퍼센트 이상 에너지를 아껴 먼 길을 쉽게 날아갈 수 있다.

뒤를 잇는 기러기들은 끊임없이 선두 기러기를 향해 울음소리를 낸다. 힘내라는 격려의 메시지이다. 때로 한 녀석이 다치거나 지쳐 날 수가 없으면 두 마리의 동료 기러기들이 지상으로 따라 내려온다. 그리고 그 녀석이 회복되거나 죽을 때까지 곁을 지킨다.

정우 씨에게 물었다. 당신은 선두 기러기인가, 아니면 뒤에 줄 지어 선 기러기인가. 내가 보기에 당신의 어머니가 선두 기러기인 것은 분명한데 도무지 격려의 울음소리를 듣지 못하고 있다고 말했다. 조금 전까지 농담을 하며 웃던 정우 씨의 얼굴이 어두워졌다.

그러고 나서 나는 책장에서 셸 실버스타인의 《아낌없이 주는 나무》를 꺼내 그에게 건넸다.

옛날에 나무가 한 그루 있었습니다……. 그리고 그 나무에게는 사랑하는 소년이 하나 있었습니다. 날마다 소년은 나무에게로 와서 떨어지는 나뭇잎을 한 잎 두 잎 주워 모았습니다. 그러고는 나뭇잎으로 왕관을 만들어 쓰고 숲 속의 왕 노릇을 했습니다. 소년은 나무줄기를 타고 올라가서는 나뭇가지에 매달려 그네를 뛰고 사과도 따 먹곤 했습니다. 나무와 소년은 때로는 숨바꼭질도 했습니다. 그러다가 피곤해지면 소년은 나무 그늘에서 단잠을 자기도 했습니다. 소년은 나무를 무척 사랑했고…… 나무는 행복했습니다. 하지만 시간은 흘러갔습니다. 그리고 소년도 점점 나이가 들어갔습니다. 나무는 홀로 있을 때가 많아졌습니다.

커버린 소년은 어느 날 나무를 찾아와 돈이 필요하다고 투정을 부린다. 나무는 자신의 사과를 따서 팔면 돈을 벌 수 있을 것이라며 사과를 모두 내어준다.

어느 날 어른이 되어 나타난 소년은 집이 필요하다고 말한다. 나무는 자신의 가지들을 잘라가 집을 지으면 행복해질 것이라며 가지를 모두 내어준다.

오래도록 나무를 찾지 않던 소년은 이제 노인이 되어 나타나 배를 한 척 만들고 싶다고 말한다. 나무는 자신의 줄기를 베어가 배를 만들라고 하며, 줄기를 내어준다. 이제 나무는 그루터기만 남았다.

죽는 날이 가까워진 늙은 소년은 어느 날 이제는 단지 쉬고 싶다고 청한다. 나무는 자신의 그루터기에 앉으면 편할 것이라며 자리를 내어준다. 모든 것을 내어준 나무는 그 순간까지도 여전히 행복했다.

나는 단지 "엄마는 아낌없이 주는 나무가 틀림없다"라고 말했을 뿐이다. 그런데 정우 씨는 고개를 돌리고 하염없이 눈물을 흘리기 시작했다. 어깨를 떨며 한참을 흐느꼈다. 나는 그의 옆으로 가 어깨를 두드려주었다.

얼마 후 그는 다른 사람이 되었다. 그는 게임에 중독되어 있던 것이 아니었다. 게임은 단지 현실과 자신 사이를 분리하기 위한 도피 수단일 뿐이었다. 담배도 단숨에 끊었다.

읍내 편의점에 아르바이트 자리가 나자 나와 상의한 뒤 일을 시작했고, 조금이나마 돈을 벌 수 있게 되었다. 그로서는 처음 벌어보는 돈이었다. 나는 첫 월급을 타면 그 돈으로 어머니에게 선물을 사드리라고 말했다. 이것도 매우 중요한 치료법이라고 강조했다.

마음을 잡은 그는 복학을 준비했다. 공기의 중요성을 모르듯 그는 어머니의 사랑에 아무 감각이 없었다. 그러다가 한순간 그것을 깨달았을 때 느꼈던 충격을 이렇게 표현했다.

"엄마가 갑자기 큰 바다처럼 느껴졌어요."

정우 씨는 김을녀 씨의 아들이다.

여섯 번째 상담부터 정우 씨가 왔었다. 나는 을녀 씨의 정성에 감복할 수밖에 없었다. 아들이 심리적 안정을 되찾은 후 을녀 씨는 전화를 걸어 고맙다는 말을 수십 번도 더 뇌었다.

그녀의 목소리에서 나는 드넓은 하늘을 날아가는 선두 기러기의 힘찬 날갯짓을 느낄 수 있었다.

⋯ 용서는 나의 행복을 위해
배워야 하는 것 ⋯

미치 앨봄 《모리와 함께한 화요일》

중학교 3학년 진환이는 상담 중에도 별로 말이 없다. 진환이는 고아에 가까운 처지이다. 부모가 어디 사는지 알면서도 부모에게서 버려진 지난 열두 해 동안 한 번도 만나본 적이 없다.

진환이의 부모는 이혼하면서 서로 아이를 데려가라며 다투었다. 외할머니는 오갈 데 없어진 손자를 차마 보육원에 보낼 수 없어 시골에서 아이와 숨어 지내듯 함께 살았다. 그러던 어느 날 외할머니가 급작스럽게 치매에 걸렸다. 진환이가 열 살도 되기 전의 일이다.

착한 막내딸은 엄마를 요양시설에 보낼 수 없다며 가족들의 반대를 무릅쓰고 엄마를 집으로 모셨다. 진환이도 따라왔다. 그렇게 5년이 지났다. 착한 심성의 이모는 아이들을 차별하지 않고 돌봤지만, 병든 노모를 모시는 것도 벅찬 데다 진환이로서는 자신의 처지가 한두 살밖에 차이 나지 않는 두 사촌들과는 다르게 느껴질 수밖에 없었다.

진환이가 품은 우울의 정체는 또렷했다. 아이는 자신이 버림받았다고 절망했다. 아주 꼬마 때부터 잘 먹지 않아 또래보다 키가 한참 작은 진환이의 가슴에는 미움과 원망이 들어차 있었다. 자기를 낳고 책임지지 않은 부모에 대한 원망은 헤아릴 수 없는 지경이었다.

게다가 초등학교 때 몇 년간이나 집단 따돌림을 당했다. 할머니에게도 이모에게도 말할 수 없었던 진환이는 이불을 뒤집어쓰고 끙끙 앓는 수밖에 없었다. 그런 이유로 아이는 우울증에 걸렸다. 조카를 두고 볼 수 없었던 이모는 싫다는 아이를 끌고 와 상담을 청했다.

처음 진환이를 보았을 때를 잊을 수 없다. 어미 잃은 고양이 눈을 한 아이는 겁에 질려 있었다. 아이는 겨우 말문을 열어 모든 것이 자신의 잘못이라고 했다. 자신이 태어난 것 때문에 지금의 일들이 초래되었다고 했다. 진환이에게 절실한 일은 용서였다.

나는 진환이가 읽을 만한 책을 고르는 데 고심했다. 책은 상담만으로 이끌어내기 힘든 내적 결단과 의지를 마련해 준다. 진환이를 위해 선택한 책은 미치 앨봄이 스승을 기리며 지은 《모리와 함께한 화요일》이었다.

저자는 어느 날 뉴스에서 대학 은사인 모리 슈워츠 교수의 투병 소식을 듣는다. 대학 시절 미치는 모리 선생에게서 많은 영향을 받았다. 그 모리 선생이 루게릭병에 걸려 사지가 굳어가고 있었다. 미치는 오랜만에 선생을 찾아뵈었고, 이후 화요일마다 찾아가 열네 번의 소중한 인생수업을 듣는다.

　원래 《모리와 함께한 화요일》은 병을 앓아 죽음의 문턱까지 가보았거나 암으로 삶의 기로에 선 내담자들에게 권하는 책이다. 아직 열여섯 살밖에 안 된 진환이에게 이 책을 권한 건 조금 특별한 시도였다.

　이 책에서 진환이가 주의 깊게 읽었으면 했던 곳은 모리의 열두 번째 강의 '용서'였다.

　미치가 모리에게 용서에 대해 묻자, 모리는 절친했던 친구 노먼에 대해 이야기한다. 그와 모리는 행복한 시간을 함께 보내며 우정을 쌓았다.

　그런데 둘은 어느 날 멀어지고 만다. 아내가 아플 때 그 소식을 듣고도 병문안을 오지 않은 노먼을 모리가 배척했기 때문이다. 노먼은 그 실수를 여러 번 사과하고 화해를 청했지만, 모리는 용서하지 않았다.

　"미치…… 몇 년 전…… 그 친구는 암으로 죽었다네. 하지만 나는 그를 보러 가지 않았어. 물론 용서하지도 않았어. 그게 내 마음을 이렇게도 아프게 하네……."

　(……)

　"우리가 용서해야 할 사람은 타인만이 아니라네. 미치. 우린 자신도 용서해야 돼."

"우리 자신을요?"

(······)

"난 언제나 '연구를 더 많이 했으면 좋았을 텐데' 또 '책을 더 많이 썼으면 좋았을 텐데'라고 생각했네. 그 생각 때문에 나 자신을 질타하곤 했어. 그러나 이제 와서 돌이켜보면, 그런 질타가 아무 소용없다는 걸 알겠어. 화해하게. 자기 자신과 주위의 모두와 ···."

모리 선생은 죽음에 이르러서, 남에 대한 미움과 자신에 대한 불만은 무용한 일임을 깨달았고, 그 진실을 제자에게 알려주고 싶어 했다. 미움이란 결국 자신을 해하고 소중한 기억을 파괴하는 일일 뿐임을 말이다.

넘치는 사랑으로 협상하기

...

진환이는 최근 엄마의 소식을 들었다. 진환이를 힘들게 할까봐 할머니와 이모는 엄마 소식을 쉬쉬했었다. 하지만 아이의 상처를 치유하는 데 진실이 무엇보다 중요하다는 내 말에 따라 엄마 소식을 전했다.

엄마는 이혼 후 줄곧 호주에서 지냈다. 그곳에서 교포를 상대로 작은 규모의 장사를 했다. 한때 비슷한 처지의 남자와 결혼도 했지만 결혼생활을 오래 지속하진 못했다. 그녀는 진환이를 버린 슬픔을 견디지 못했다. 결국 우울증에 걸려 얼마 전 한국으로 돌아왔다.

지금은 도시 외곽의 교회에 딸린 기도원에 기거하며 마음을 추스르고 있었다. 동생이 몇 번 설득했지만 그녀는 아이에게 상처만 줄 것 같으니 조금 더 시간을 달라고 했다.

엄마가 자신 때문에 우울증까지 걸렸다는 사실에 진환이의 마음은 편치 않았다. 그러나 엄마가 잘못을 뉘우치고 있다는 이야기에 진환이의 마음도 움직이기 시작했다.

때마침 진환이가 다니는 교회에서 해외 선교 봉사를 떠나기로 했다. 캄보디아 오지에서 아이들과 빈민을 돕는 활동이었다. 나는 이모에게 진환이에게 적잖은 도움이 될 테니 꼭 참여하게 해달라고 부탁했다.

아이는 2주간 캄보디아에서 지내며 얼굴이 새까맣게 타서 돌아왔다. 움츠렸던 어깨도 조금은 펴져 있었다. 자신보다 한참 못한 처지인데도 해맑게 웃고 있는 그곳 아이들을 보면서 진환이는 느낀 것이 많았다. 캄보디아 봉사활동에 대한 이야기를 한참 나누었다.

그리고 진환이와 한 번 더 《모리와 함께한 화요일》의 열두 번째 강의를 읽었다. 다음 주까지 용서에 대해 생각해 오라는 숙제도 내주었다.

한 주 후, 진환이는 한층 밝아진 표정으로 왔다. 수줍어하던 녀석이 먼저 이야기를 꺼냈다. 용서를 생각하면서 용서할 사람을 찾아

보니 몇 사람이 있더라고 했다. 우선 아빠와 엄마를, 그리고 초등학교 시절 자신을 괴롭혔던 아이들을 용서하기로 했다고 했다.

진환이의 우울증은 이제 많이 나았다. 어깨도 꼿꼿이 세우고, 눈빛도 점점 또렷해지고 있다. 최근 진환이는 집 근처의 실업계 고등학교에 진학하는 것을 목표로 공부에 여념이 없다. 진환이가 열심히 공부하는 데는 나름의 이유가 있다. 기다리는 것 또한 사랑이라는 것을 알았기 때문이다.

미치의 동생은 심각한 병에 걸려 있었다. 하지만 간절히 연락을 원하는 미치의 요청에 동생은 묵묵부답이었다. 그래서 미치는 걱정하고, 마음 아파하고 있었다. 그런 미치에게 모리는 진실한 사랑에 대해 이야기해 준다.

"인간관계에는 일정한 공식이 없네. 양쪽 모두가 공간을 넉넉히 가지면서. 넘치는 사랑으로 협상을 벌여야 하는 것이 '인간관계'라네. 두 사람이 무엇을 원하는지, 무엇이 필요한지, 무엇을 할 수 있으며, 또 각자의 삶이 어떤지."

"협상이라구요?"

"사업에서 사람들은 서로를 이기기 위해 협상을 벌이네. 원하는 것을 얻기 위해 협상을 하네. 어쩌면 자네가 거기에 너무 익숙해졌는지도 몰라. 하지만 사랑은 다르다네. 자기 상황뿐만 아니라 다른 사람의 상황에도 마음을 쓸 때 바로 그게 바로 진정한 사랑이지."

엄마를 얼른 보고 싶어 하던 진환이의 마음을 되돌린 이야기이다. 진환이는 엄마가 한국에 왔는데도 자신을 만나지 않아 속상해했다. 나는 엄마에게도 사정이 있을 것이라며 이 대목을 보였다. 사랑은 때로 기다림이라고 일러주면서.

진환이는 이제야 그동안 멋모르고 썼던 물건 가운데 왜 유독 외제가 많았는지 알게 되었다. 호주에서 엄마는 진환이가 생각 날 때마다 물건을 사서 보냈다. 지금 입고 있는 옷도, 가죽 지갑도 모두 엄마가 보낸 것이었다.

진환이는 기다리고 있겠다고 했다. 열심히, 자신이 지금 할 수 있는 공부를 하면서.

··· 남들과 다르다는 것은
축복이다 ···

샐리 포터 〈올란도〉

스무 살 시헌 씨는 첫날 상담실에 들어서자마자 울먹이기 시작했다. 지금까지 한 번도 발설한 적 없는 자신의 고민을 털어놓는 일이 무척 부담스럽고 두려웠기 때문이다. 생에 억눌린, 시헌 씨의 형용하기 힘든 표정은 며칠 동안 잔상이 남을 정도였다.

시헌 씨 부모는 딸이 우울증 때문에 상담받는 걸로 알고 있었지만 진짜 고민은 따로 있었다. 그래서 시헌 씨는 상담실 밖에 앉아 있는 부모님이 너무 신경 쓰인다고 했다.

시헌 씨는 자신의 성정체성 때문에 고통을 겪고 있었다. 어릴 적 엄마가 억지로 입히던 핑크색 드레스는 몹시 불편했다. 외모는 여느 스무 살 여성과 다를 바 없었지만 마음만은 달랐다. 시헌 씨는 자신이 남성도 여성도 아닌 양성을 모두 가진 사람이라고 설명했다.

안드로진(Androgyne)은 남성성과 여성성이 결합된 성정체성 혹은 그런 사람을 지칭하는 말이다. 안드로진은 생물학적 개념이라기보다는 심리적·정신적 성향이다. 두 가지 성기를 모두 가진 인터섹슈얼(Intersexual)은 남성적 신체와 여성적 신체적 특성이 한몸에 공존하는 생물학적 특성으로 안드로진과는 다르다.

안드로진은 다분히 마음의 문제인 것이다. 그런 까닭에 시헌 씨는 여자아이들과 불편한 관계를 맺어왔다. 때로 우정 이상의 복잡하고 강렬한 감정을 느꼈기에 이를 알 리 없는 여자친구들에게 많은 상처를 받았다. 지나친 애정 공세에 여자친구들이 당황스러워했던 적이 한두 번이 아니었다.

이 모든 엇갈림이 자신의 성정체성 때문이라고 여겼던 시헌 씨는 번민의 나날을 보내야 했다. 하염없이 눈물을 흘리며 자신을 책망했다. 글쓰기를 좋아하는 시헌 씨의 청소년 시절 글들은 비극으로 물들어 있었다. 그러다 보니 차츰 사람 만나는 일이 두려워졌다.

시헌 씨의 취미는 혼자 만화를 그리거나 글을 쓰고 책을 읽는 일이었다. 이제 대학 1학년인 그녀의 독서 수준은 여느 인문학 대학원생보다 훨씬 높았다. 퍽 어려운 철학책이나 사회학 서적들도 어렵지 않게 읽어냈다. 그녀의 지성은 자기 문제를 해결하기 위해 골몰했던 결과이기도 했다.

문제는 그렇게 열심히 자신의 문제를 풀기 위해 애썼음에도, 그것이 모두 허사라는 허망함이 든다는 것이었다.

시헌 씨는 까다롭고 예민한 기질에 관한 내 칼럼을 읽은 후 이제 마지막이라는 심정으로 나를 찾았다. 나는 그런 그녀에게 당신의 정체성은 재앙이 아니라 특별한 존재들이 가질 수밖에 없는 필연적 속성이라고 일러주었다.

잘 알려지지 않았지만, 적잖은 이들이 이런 성정체성을 갖게 되고 그로 인한 고민을 겪는다. 세상은 남성과 여성으로만 이루어져 있다는 생각이 오히려 편견일 수 있다. 실제로 킨제이 보고서 같은 성 보고서는 전형적인 남성, 전형적인 여성을 오히려 희귀한 타입으로 규정한다.

특히 예술가들 가운데는 양성성을 소유했던 이들이 많다. 피카소나 헤밍웨이 역시 양성성을 가지고 있었다. 마초로 유명한 헤밍웨이와 평생 여자들을 농락하며 살았던 피카소라서 의외라고 생각할 수도 있지만, 실제 헤밍웨이는 어릴 적 자신에게 원피스를 입혔던 어머니의 일을 죽을 때까지 곱씹어야 했다. 피카소는 중년 이후 양성성에 대한 갈등으로 극심한 우울증을 겪기도 했다.

위대한 천재 레오나르도 다빈치, 소설가 오스카 와일드, 영화배우 장국영, 그룹 퀸의 리더 프레디 머큐리, 그룹 너바나의 커트 코베인 모두 양성성을 대변하는 예술가들이다.

여성의 자기주장이 가능해지면서 자신의 양성성을 표방하는 여성들도 늘었다. 안드로진이었던 버지니아 울프는 양성성을 철학적인 측면에서 사유해 보려 했다. 그녀는 어느 한 성에 치우치지 않는 혼성적이고 중성적인 정신 상태를 최고의 지성으로 여겼다.

본인 역시 어느 한 성의 편향된 사고에서 벗어난 정신을 소유하려 애썼고, 이는 모든 사람들이 지향해야 할 바라고 여겼다.

버지니아 울프의 양성적 정체성은 작품으로 이어졌다. 《올란도》는 양성성에 대한 고민이 담긴 소설로 울프의 동성 애인이었던 여류 시인 비타 색빌-웨스트(Vita Sackville-West)를 위한 것이기도 했다.

올란도는 여자가 되었다. 이것은 부인할 수 없다. 그러나 그 밖의 모든 점에서는 올란도가 남자였던 이전과 꼭 같았다. 성의 변화가 비록 그들의 미래를 바꿔놓기는 했으나, 그들의 정체성은 전혀 바뀌지 않았다.

(……)

그의 기억은 그러나 앞으로는 관례대로 '그의' 대신 '그녀의'라고, 그리고 '그' 대신 '그녀'라고 해야겠지만 당시 그녀의 기억은 과거의 생애 중에 일어났던 모든 사건들을 되돌아보는데 하등의 지장이 없었다.

소설 《올란도》를 통해 버지니아 울프는 우리에게 대체 남자는 무엇이고 여자는 무엇이냐?는 질문을 던지고 있다.

나 역시 울프의 작품을 읽을 때면 고도의 몰입을 느낀다. 시헌 씨와 나는 《올란도》와 이를 영화화한 샐리 포터 감독의 영화 〈올란도〉에 대해 깊은 대화를 나눴다. 〈올란도〉를 본 시헌 씨는 '죽여주는' 영화라고 격찬했다.

남자와 여자 사이에서

…

샐리 포터 감독은 페미니즘 영화계를 대변하는 인물이다. 음악과 미술, 글쓰기, 심지어 춤까지 다재다능한 그녀는 진정한 예술가로 느껴지는 여성 감독이다.

〈올란도〉는 판타지 영화로 분류되기도 한다. 이야기는 수백 년의 시간을 이동하며 전개된다. 현대의 많은 여성 작가들은 물론 남성 작가들도《올란도》가 고안한 이 창의적인 시간 여행을 반기고 자신의 작품에 원용하곤 한다.

올란도는 엘리자베스 1세 시대의 열여섯 살 귀족 소년이다. 여왕은 올란도의 여성적인 미모에 도취되어 영원히 늙지 말라는 명령을 내린다. 여왕의 말대로 올란도는 4백 년 동안 늙지 않은 채 살아간다. 그는 약혼녀를 버리고 러시아 대사의 딸 샤샤와 사랑에 빠지지만, 샤샤에게 실연당한다. 사랑의 아픔을 시로 이겨내기 위해 유명한 시인 닉 그린을 집으로 초청하는데 그의 거친 언행과 과격한 태도 탓에 환멸을 느끼고 만다. 이후 올란도는 터키 대사가 되기로 마음먹고 영국을 떠난다.

그는 대사로서 두 나라의 평화를 위해 노력을 기울이다가 반란군에게 죽임을 당할 위기에 처한다. 전쟁의 두려움에서 벗어나기 위해 잠이 들고, 백 년이 지나 깨어났을 때 올란도는 완전한 여성의 몸으로 변해 있었다. 그러나 여전히 그녀 안에는 남성성도 존재한다.

그녀는 사교계에 빠져드는데, 그곳에서 남성우월주의를 경험하고 신물을 느낀다. 게다가 여성은 재산을 소유할 수 없다는 법률에 따라 빈털터리가 될 처지가 된다. 그 와중에 독립주의자 쉘머딘이라는 의식 있는 남자를 만나 사랑에 빠진다. 아이까지 낳은 올란도는 자신이 살았던 저택을 되찾고, 자신이 여성도 남성도 아닌 완전한 한 인간이 되었음을 느낀다.

이 영화는 2백 년은 남자의 몸으로 나머지 2백 년은 여자의 몸으로 산 올란드의 일대기이다. 과거와 현대를 오가는 흥미로운 볼거리와 여성 감독 특유의 섬세한 연출이 돋보인다. 영화음악 역시 감독의 손길이 간 것이다.

틸다 스윈튼의 열연 또한 압권이다. 샐리 포터는 가장 중성적이면서 버지니아 울프의 아우라를 한껏 느낄 만한 그녀를 선택할 수밖에 없었을 것이다.

영화는 원작과는 조금 다른 결말로, 올란도가 딸을 낳고 딸이 핸디 카메라로 어머니를 찍는 장면으로 마무리된다. 마지막에는 "이제 운명에 사로잡혀 살지 않는다. 과거의 끈을 놓은 이후로 인생의 시작을 알게 되었다"는 내레이션과 중성적이고 몽환적인 노래 '커밍(coming)'이 흐른다.

버지니아 울프의 양성성에 대한 사유가 담긴 자못 의미심장한 가사이다.

이제 운명에 사로잡혀 살지 않는다. 과거의 끈을 놓은 이후로 인생의 시작을 알게 되었다. (내레이션)

(……)

여자도 남자도 아닌, 내가 여기 있나니 우린 하나로 합쳐졌다네, 인간의 얼굴로.

시헌 씨에게 이 장면은 큰 울림을 주었다. 비로소 여자도 남자도 아닌 자신이 결핍이나 잉여가 아니라 완성품임을 깨달을 수 있었다. 시헌 씨는 자신의 성정체성이 신의 장난이 아니라 선물임을 알게 되었다.

시헌 씨는 나와 상담을 하면서 수많은 정신의 속박에서 해방되어 갔다. 하지만 단지 자신의 정체성을 아는 것만이 중요한 것은 아니다. 새로운 실천을 해나가는 일이 필요했다.

그 실천의 일환으로 최근 조금은 보이시한 이름으로 개명했다. '시헌'이라는 이름이다. 그/그녀는 예쁘장한 본명보다는 '시헌'으로 불리고 싶어 했고, 내가 자신의 사례를 쓸 기회가 있다면 꼭 시헌이라고 적어 달라 당부했다.

그 후로도 오랫동안 나는 시헌 씨와 인생에 대해 진지한 소통을 나누었다. 부모의 강요로 적성에 맞지 않는 공대에 다니고 있던 시헌 씨는 나와의 상담 이후 전과를 해 문예창작이나 영상콘텐츠를 공부하겠다는 결심을 굳혔다.

얼마 전 시헌 씨에게서 전화가 왔다. 그동안 그려왔던 웹툰을 웹 상에 올릴 준비를 하느라 여념이 없다고 했다. 나는 작가로서의 출 발을 한껏 축복해 주었다. 제각기 다른 저마다의 개성은 세상을 변 화시키는 힘이다. 스스로 그 개성을 배척하지 않는 한.

Chapter

2

우리는 그렇게 진짜 어른이 된다

우리는 상처를 디디고 성장한다.
이별의 상처가 성장을 인도하는 치유제가 되는 것이 인생의 마법이다.
숱한 인생 역정은 앞날의 동력이 될 수 있는 것이다.

_본문 중에서

… 미처 깨닫지 못한 아버지의 사랑을 찾아야 할 순간 …

미카엘 두독 데 비트 〈아버지와 딸〉

그녀는 자신이 우울한 이유를 잘 모르고 있었다. 왜 이렇게 아무도 만나고 싶지 않은지 모르겠다고 했다.

삼십대 중반의 미혼 여성 선아 씨는 몇 해 전 아버지와 사별했다. 그녀의 아버지와 어머니는 주말부부로 어머니는 그리 사이가 좋지 않은 남편을 피하기 위해 아이들의 교육 문제를 들먹였다. 아버지는 외딴 시골의 공무원이었다. 선아 씨의 어머니는 줄곧 두 아들과 막내딸을 데리고 서울 근교에서 살았다. 자라는 내내 선아 씨는 아버지와 떨어져 지냈다. 선아 씨가 태어나고 몇 해 지나지 않아서부터였다.

그러니 아버지는 언제나 그녀에게 아련한 존재였다. 또한 작은 존재였다. 시골의 외딴 집에서 할머니와 살던 아버지는 늘 말이 없는 사람이었다.

그녀는 TV나 영화에서 가끔 아버지와 딸이 애틋한 사랑을 나누는 장면을 보면 왠지 모르게 심장이 털컥 내려앉는다고 했다.

정년퇴직하고 몇 년 지나지 않아 아버지가 돌아가셔서 시골의 장례식장에 갔다. 어머니는 빈소에 앉아서도 그리 슬퍼하지 않는 눈치였다. 그녀 역시 비교적 담담하게 아버지를 떠나보냈다고 했다.

그녀에게 우울감은 늘 따라다니는 친구 같은 것이었지만 지금처럼 심한 적은 없었다. 나는 아버지의 부재 탓이라고 그녀에게 말해주었다.

친척이나 이웃 어른들의 보살핌이 사라진 핵가족 시대에서 부성의 결핍은 한 인간의 내면에 지극한 악영향을 미치는 원인이 될 수밖에 없다. 그래서 핵가족 안에서 아버지는 더더욱 자녀들에 대한 보살핌의 의무를 소홀히 해서는 안 된다.

단지 이는 심리학적 차원만은 아니다. 딸을 키워보니 나 역시 알겠다. 딸이 얼마나 애틋한 존재인지. 어린 딸을 안고 있으면 마냥 행복하고 충만하다. 아버지와 딸 사이에는 아끼는 인간과 아낌을 받는 인간 사이의 숭고한 사랑이 존재한다. 조건 없는 사랑이 가능하다.

아버지와 딸, 이 둘의 애정이 이다지도 특별하기에, 여기서 빚어지는 심리 문제도 넘쳐난다. 나는 아버지와 딸 사이의 다양한 심리 갈등을 매일 접한다. 부재했던 아버지, 엄했던 아버지, 애정 표현이 서툴렀던 아버지, 일찍 여읜 아버지에 대한 원망으로 크고 작은 상처를 입은 여성들을 매일 만난다. 선아 씨처럼 조금은 뜻밖에 떠난 아버지 때문에 외상 후 스트레스 장애나 우울증을 겪는 여성을 만나는 일은 다반사이다.

이런 여성들을 만났을 때 나는 애니메이션 〈아버지와 딸〉을 제일 먼저 권한다.

오스카상 수상작이기도 한 〈아버지와 딸〉은 부녀의 헤어짐과 그리움을 깊이 있게 다룬 수작으로 10분 남짓한 단편이다. 화면은 흑백 톤이며, 롱테이크가 자주 사용된다.

소녀의 아버지는 작은 배를 타고 타지로 떠난다. 떠나려는 순간, 아버지는 되돌아서 다시 한 번 소녀를 꼭 안아준다. 소녀는 이후 아버지를 잊지 못해 이 강둑을 수시로 찾아든다. 비가 올 때나 바람이 불 때나 아버지와 헤어진 강둑에 서서 떠난 아버지를 그리워한다.

숙녀가 되어서도, 남자친구를 만나서도, 남편과 아이가 생긴 이후에도, 중년이 되어서도, 그리고 할머니가 될 때까지 그리움은 이어진다.

한없는 그리움은 죽음 너머의 환상지대까지 이어진다. 노인이 된 소녀는 죽는 순간, 혹은 환상 속에서 아버지와 상봉하고 마침내 깊은 포옹을 나눈다.

이 애니메이션을 처음 보던 선아 씨의 표정이 아직도 생생하다. 몰입해 볼 것을 청했지만, 그녀는 마치 자신과는 거리가 먼 일인 것처럼 냉정하게 바라보았다. 그리고 딱 잘라 "아버지 문제가 아닌 것 같은데요"라고 선을 그었다. 하지만 안타깝게도 그것은 분명 아버지의 문제였다.

선아 씨의 감정에 대한 무관심이나 무미건조함은 부성의 결핍에서 초래된 것일 가능성이 높았다. 그녀는 언제나 구경꾼의 표정을 지어 보였다.

그녀는 가끔 집에 올 때마다 자신을 나무라던 아버지가 무척 싫었다고 했다. "이제 여자도 공부를 많이 해야 한다"며 떨어진 성적을 질책하던 아버지가 많이 미웠다. 그리고 그것은 왜 자신을 사랑해 주지 않느냐는 심리적 저항이었다.

숨겨진 아버지의 사랑

...

어린 시절 유독 자신에게 엄했던 아버지를 원망하는 여성을 만날 때면 나는 늘 이렇게 설명한다. 아버지 입장에서 보자면 언제까지나 딸을 품에 안고 있을 수만은 없는 노릇이다. 딸을 세상에 놓아줘야 할 때가 있고, 그래서 정을 떼야 할 순간도 찾아오며, 사회인인 그로서는 세상의 율법을 알려줘 딸을 현명한 숙녀로 키워야 할 책무도 있다.

이는 지금의 내 경험이기도 하다. 딸을 혼내고 나면 내 가슴이 더 아리다. 아버지에게 딸은 눈에 넣어도 아프지 않은, 가슴 안에서만은 늘 보호해야 할 예쁜 꽃송이다.

나는 그녀에게 여러 가지 읽을거리와 볼거리를 제공했다. 그레이엄 베이커 스미스의 멋진 그림책《아버지의 꿈》이나 노벨문학상 수상자인 펄 벅의《아주 특별한 사랑》은 그녀에게 적잖은 도움을 주었다.

《아주 특별한 사랑》의 주인공인 롭은 자신에게 새벽마다 우유 짜는 일을 시키는 아버지를 미워한다. 그러던 어느 날 자신을 깨우는 걸 너무나 가슴 아파하는 아버지의 진심을 엿듣고서 그 사랑에 감동하여 아버지에게 특별한 선물을 하기로 마음먹는다. 그리고 새벽에 몰래 일어나 아버지 모르게 우유를 다 짜놓는다. 아버지는 롭의 선물을 받고 감동하여 말한다.

"고맙다, 롭. 이렇게 멋진 선물은 처음이구나!"

어머니의 사랑이 표현되는 것이라면, 아버지의 사랑은 늘 숨겨져 있다. 그래서 딸에게 문제는 아버지의 사랑을 발견하는 일이다.

선아 씨에게 필요한 것은 아버지에 대한 탐구였다.

나는 몇 가지 과제를 제시했다. 아버지와 좋았던 기억들을 떠올려 적어볼 것, 아버지의 죽음에 대해 생각해 볼 것, 아버지가 자신을 어떻게 여기고 있었을지에 대해 탐구해 볼 것 등이었다.

내 조언대로 선아 씨는 아버지의 유품들이 있는 할머니 댁을 오랜만에 찾았다. 지금은 그 집에 사촌 오빠가 살고 있었다. 오래된 집 다락에 돌아가신 할아버지, 할머니, 아버지의 물건들이 여전히 치워지지 않은 채 보관되어 있었다.

먼지가 쌓인 채 낡아가는 아버지의 책과 수첩 들 사이에서 그녀는 한 권의 앨범을 발견했다. 살아생전 아버지가 가족사진들을 모아놓은 앨범이었다. 그 사진들 가운데 유독 손때 묻은 것이 하나 있었다.

가족이 대천 해수욕장에 놀러 갔을 때, 그녀와 아버지가 나란히 서서 환하게 웃고 있는 사진이었다. 그녀는 그제야 이 사진을 수도 없이 꺼내보며 흐뭇해하고 애틋해했을 아버지의 마음을 헤아릴 수 있었다.

그날 이후 지갑에 넣어둔 이 사진을 보며 선아 씨는 많이 웃고 많이 울었다. 그녀는 내게도 사진을 보였다.

아버지에 대한 오해와 아버지를 회피하는 마음에서 벗어나고서, 선아 씨는 감정이 자연스레 흐르는 기분을 되찾을 수 있었다.

다시 한 번 〈아버지와 딸〉을 함께 볼 때 선아 씨는 몹시 울었다. 자기 안에 숨겨져 있던 아버지에 대한 깊은 사랑을 되찾을 수 있었다. 이제야 자신의 졸업식에서 학사모를 쓰고 환하게 웃던 아버지 모습이 기억난다고 했다.

〈아버지와 딸〉을 볼 때마다 아버지를 떠나보내야 했던 수많은 딸들의 마음이 떠오른다. 그렇다고 아버지를 바라보는 딸의 마음만 그윽한 것은 아니다. 딸이 자라서 품을 떠날 때 그 아버지의 속사정 역시 헤아리기 힘든 일이다.

쉽게 잊히는 이별도 있지만, 좀처럼 뇌리를 떠나지 않는 이별 또한 부지기수이다. 제대로 이별하지 못할 때 우리는 마음을 다치기 쉽다.

특히 아버지와의 사별은 딸에게 적잖은 심적 고통을 불러일으킨다. 그러나 이별이 무조건 나쁘기만 한 것은 아니다. 이별이란 때로 우리의 삶을 좌지우지할 만큼 고통스럽지만, 잘 극복하면 좀처럼 발견할 수 없는 값진 선물을 주기도 하는 까닭이다.

… 이 사람과의 결혼이
잘못된 선택이라는 걸 알았다면 …

헨리크 입센 《인형의 집》

결혼이 잘못된 선택임을 알았을 때, 어떻게 해야 할까?

내가 상담실에서 자주 듣는 질문이다. 경은 씨 역시 내게 어떻게 해야 하냐고 물었다.

그녀가 결혼을 서두른 것은 뱃속에 든 아이 때문만은 아니었다. 그보다는 불화가 심한 부모님과 더는 살고 싶지 않은 이유가 컸다. 게다가 빨리 어른이 되고 싶었다. 항상 남들보다 자신이 미숙하다고 여겼고, 결혼은 성숙해질 수 있는 길이라고 여겼다. 그렇게 결혼을 서두르다 나쁜 남자를 만났다.

남자는 경제적으로도 안정돼 보였고 그녀가 필요한 것들을 충족시켜 줄 수 있을 것 같았다. 그런데 살아보니 달랐다. 남자는 독사같았다. 고통스러운 대화를 나누면서도 음흉한 미소를 지을 때가 많았다. 크고 작은 폭행이 끊이지 않았다.

어느 날은 경은 씨가 검은 선글라스를 끼고 왔다. 아차 싶었다. 남편에게 주먹질을 당했다고 했다. 선글라스를 벗은 두 눈은 시퍼렇게 멍들어 있었다. 게다가 남편이 야구방망이로 몇 번이나 몸을 가격했다고 했다.

그 남자는 저명한 심리학자 존 가트맨이 말하는 기질적 폭력자 가운데서도 독사형(cobras)이었다. 맹견형(pittbulls)의 경우 버림받은 경험으로 폭력적 성향을 갖기는 하지만, 그럼에도 상대의 아픔에는 반응한다. 개선의 여지도 있다. 반면 독사형은 어릴 적 지속적 학대에 노출되어 정서가 기형화된 사람이다. 변하기 어렵다.

알고 보니 남편은 계모 밑에서 갖은 폭력과 학대를 받은 불쌍한 사람이었다. 그의 아버지도 계모와 다르지 않았다. 아들이 결혼하고 나서까지 따귀를 때리곤 했다.

가엾은 인생이지만 이런 남자와 결혼해서는 안 된다. 그런데 독사형 남자는 뱀처럼 먹이를 낚아채는 능력이 뛰어나, 숱한 여성을 울린다. 사랑할 능력은 전무하지만 여성을 유혹할 기교는 타고난 사람들이다.

좋은 배우자를 만났다면, 불화가 심한 부모로 인한 그녀의 상처도 조금은 아물 수 있었을 것이다. 그러나 그러지 못했다. 불행은 5년 간 지속되었다.

나는 이렇게 조언했다.

"이제 평균수명이 늘어 여든이나 아흔 살까지 살아야 하는데, 그

세월을 지금 같은 고통 속에 살아간다는 것은 참으로 부당해요. 이혼이 최선책입니다."

가장 흔한 이혼 사유인 성격 차이도 사랑하는 법을 연습하면 개선될 여지가 있다. 나 역시 심각한 성격 차이로 고민하던 부부가 이 훈련으로 묵은 갈등을 풀어내는 일을 자주 접한다.

하지만 폭행이나 정서적 학대, 외도는 명백한 이혼 사유이다.

결국 경민 씨는 이혼을 결심했다.

결별, 용기 있는 선택

...

반드시 이혼해야 함에도 이혼 앞에 고민하는 여성 내담자들에게 권하는 책이 있다. 노르웨이 극작가 헨리크 입센의 희곡 《인형의 집》이다.

노라는 결혼하고 남편 사이에서 세 아이를 낳았다. 그녀는 자신이 행복한 삶을 살고 있다고 믿는다. 남편의 병치레로 그간 살림이 넉넉지 않았지만, 고생 끝에 낙이라고 남편은 은행장에 임명될 예정이다. 하지만 그녀에게는 남모를 비밀이 있다. 예전에 남편이 건강이 좋지 않아 요양을 할 때 그녀는 자기 아버지의 사인을 위조해 고리대금업자에게서 돈을 빌렸다. 범법 행위였다. 당시 고리대금업자였던 크로그스타는 지금 남편의 은행에 근무하고 있었다.

남편은 은행장으로 취임하면서 못마땅하게 여기던 크로그스타를 해임하려 한다. 크로그스타는 노라를 찾아가 자신의 해임을 막지 않으면 예전의 비밀을 폭로하겠다고 협박한다. 모든 사실을 안 남편은 자신의 지위와 체면만 생각하며 노라를 비난한다.

다행히 크로그스타가 짝사랑하는 노라의 친구 린네가 크로그스타를 설득해 예전 차용증서를 노라 가족에게 돌려주게 만든다. 노라와 남편은 위기에서 벗어난다. 그제야 남편은 노라의 과오를 용서하겠다고 말한다.

하지만 이미 노라가 남편이 한 번도 자신에게 진실한 적이 없음을 깨달은 후였다. 노라는 남편에게 더 이상 '당신의 인형'으로 남지 않겠다고 선언한다. 그리고 위선으로 가득 찬 인형의 집을 떠난다.

헬메르 : 난 당신을 위해 밤낮으로 일했어. 노라. 당신을 위해 고통을 기쁘게 감수하고 희생했어. 하지만 자기의 명예를 포기할 수 있는 사람은 아무도 없어. 심지어 사랑하는 사람을 위해서라도 그건 못해.

노라 : 수백만의 여자들은 바로 그렇게 했어요.

헬메르 : 오, 당신은 마치 아무것도 모르는 아이처럼 생각하고 말하는군.

노라 : 그럴지도 모르죠. 하지만 당신의 생각과 말을 들으니 나와 인생을 함께할 사람 같지는 않군요. 당신은 내게 닥친 위험이 아니라, 어쩌면 당신에게 일어날지도 모르는 위험만 두려워했어요. 그런데 그 두

려움에서 벗어나니 아무 일도 없었던 것처럼 행동하네요. 난 결국 예전의 나로 돌아가게 되겠죠. 당신의 귀여운 종달새, 당신의 인형으로.

헬메르 : (무겁게) 알겠어, 알아. 우리 사이에 정말 엄청난 틈이 생겼어. 하지만 노라, 그 빈틈을 어떻게 다시 채울 수는 없을까?

노라 : 이제 난 더 이상 당신의 아내가 될 수 없어요.

헬메르 : 내가 달라질게. 달라질 수 있어.

노라 : 그럴지도 모르죠. 당신의 인형이 떠나고 난 뒤라면.

이혼에 임하는 노라의 결연한 태도는 당시로서는 파격이었다. 그리고 《인형의 집》은 이후 여성운동에 큰 영향을 끼쳤다.

책을 읽고 있을 정신이 아닌 경은 씨에게 《인형의 집》에 나오는 인상적인 몇 장면을 읽도록 했다. 그녀는 벌써 몇 년 전 자신 역시 노라와 같은 심정이었다고 말했다.

신혼 시절 처음 남편에게 따귀를 맞았을 때 이혼했어야 했다. 그때 이혼했더라면 좋았을 것을, 두려워하며 회피하고만 있던 자신이 참으로 바보 같다고 했다.

나는 이제라도 다시 바른 선택을 하면 그만이라고 위로했다.

살다보면 잘못된 길에 들어설 수 있다. 그때는 다소 아프더라도 단호히 돌아서야 한다.

《인형의 집》은 어떤 여성이라도 스스로 선택하고 결단할 능력이 있으며, 자기 길을 갈 수 있음을 알려준다.

경은 씨의 선택 역시 그런 것이었다. 그녀는 경제적 안락을 포기하는 대신 스스로를 포기하지 않았다. 아이도 포기하지 않았다. 아이가 폭력을 쓰는 아빠 아래 가엾은 인생이 되게 내버려둘 순 없었다.

경은 씨는 지금 지방의 모처 여성 쉼터에서 아이와 함께 지내며 이혼을 준비하고 있다.

··· 우리는 이별 안에서 어른이 된다 ···

사라 스튜어트 / 데이비드 스몰 《리디아의 정원》

세라 씨는 자신의 유년에는 아무 문제가 없다고 여기고 있었다. 부모님도, 자라온 환경도, 성장 과정도 또래들과 비슷하며 성격마저 무난해 학창시절을 나름대로 행복하게 지냈다고 기억하고 있었다.

문제는 단지 지금의 남자친구라고 했다. 그녀는 남자친구의 일거수일투족에 집착했다. 가령 남자친구가 다른 여성과 만날 일이 있으면 괜한 트집을 잡고, 신경이 곤두선 채 만남이 끝날 때까지 예의 주시했다.

남자친구가 제발 그러지 말라고 화를 내면, 이런 상황을 만든 네가 문제라며 험한 말로 옥박질렀다. 남자친구와 다퉈 둘 사이에 긴장감이 생길 때마다 세라 씨는 가슴이 몹시 답답하고 때로는 숨 쉬기가 힘들었다.

남자친구는 늘 자기 멋대로 일을 저지른다고 했다. 몇 주 전 회사 동료들과 갔다 온 해외여행은 결정적인 사건이었다. 남자친구는 수상스포츠를 즐기기 위해서였다고 하지만, 일행에는 남자친구가 자주 예쁘다고 말했던 후배도 섞여 있었다. 그 후 세라 씨는 남자친구와 냉전 중이었다.

남자친구는 별로 힘들어하지 않는데 자신은 미칠 것 같다고 했다. 불쑥불쑥 심각한 충동들이 찾아들었다.

세라 씨는 자신에게 맞지 않는 사람에게 집착하는 것이 문제라고 여겼다.

"그런데 왜 자신에게 맞지 않는 남자에게 집착할까요?"

"그건 취향 아닐까요?"

세라 씨는 잘 기억하지 못했으나, 그녀 부모에게는 이혼의 위기가 있었다. 언젠가 한 번 딸의 마음이 궁금해 내방했던 어머니에게서 숨은 사정을 들을 수 있었다.

어릴 적 세라 씨가 잠시 외가에 맡겨진 적이 있었다. 세라 씨는 그동안을 몹시 견디기 힘들어했고, 자주 엄마에게 전화를 걸었다. 여러 달 후 엄마와 아빠가 화해를 하고 그녀를 데려왔을 때, 어린 세라의 몸무게는 많이 줄어 있었다.

성격도 바뀌었다. 도도하던 세라는 관계에 집착하는 아이가 되었다. 친구 일이라면 발 벗고 나섰고, 가족들에게 자기 시간을 바쳤으며, 이별이나 관계 단절을 지나치게 괴로워했다. 아버지에게는 몹시 살갑고 다정한 딸이 되었다.

일상생활이 어려울 만큼 심한 것은 아니었으나 그녀는 '이별불안 장애(Separation anxiety disorder)'를 겪고 있었다. 주로 유아기 때 겪는 분리불안은 뜻밖의 이별을 맞이함으로써 빚어지는 심리 증상이다. 어른이 되어서도 이별에 예민한 반응을 보이는 것은 그 상처가 치유되지 못한 까닭이다.

남자친구와의 문제가 아닌, 자신의 유년기에 집중해서 이야기를 풀어나가자 그녀는 한동안 당황스러워했다. 어느 날 나는 몇 가지 숙제를 내주었다.

'아버지에 대한 솔직한 감정을 적어 보세요.'

'많이 힘들었던 이별 기억들을 떠올려 보세요.'

'인생에서 이별은 어떤 의미인가요?'

이별에 관한 질문에 답하는 일 자체가 세라 씨에게는 힘든 일이었다.

누구나의 상처에는 뿌리가 있다. 어느 날 들이닥친 한 사건으로 인해 저 아래로 쓰러지는 경우는 없다. 하지만 사람들은 크게 와 닿는 한 사건에 사로잡힌 나머지 자신이 쓰러진 이유도 대개 거기서 찾으려 한다. 그것은 오히려 문제를 풀기 어렵게 만드는 생각의 꼬인 매듭이다.

진짜 뿌리는 대개 다른 곳에 있으며 그 뿌리마저도 제대로 생각되거나 감지되고 느껴지지 않는 것일 때가 허다하다.

나는 그녀가 유년의 추억 속으로 스스로 헤집고 들어갈 수 있도록 도왔다. 닫힌 유년의 기억을 떠올리기에 《리디아의 정원》은 세라 씨에게 딱 맞는 이야기였다.

이별은 만남의 시작이기도 하다

...

데이비드 스몰, 사라 스튜어트 부부의 《리디아의 정원》은 그림책을 그리 좋아하지 않은 사람이라도 한 번쯤은 봤을 만한 유명한 작품이다.

가정 형편이 어려워지자 리디아는 당분간 외삼촌 댁에서 지내야만 했다. 리디아는 홀로 기차를 타고 외삼촌 댁으로 간다. 외삼촌은 무뚝뚝해서 잘 웃지도 않는 분이지만, 사랑스러운 리디아의 행동들에 점차 감화되어 간다.

리디아는 외삼촌의 빵집에서 빵 만드는 일도 능숙해지고, 가족과 떨어져 지내는 생활에도 어느 정도 익숙해진다. 그리고 외삼촌을 기쁘게 할 양으로 몰래 일을 꾸미기도 한다. 여기저기서 모은 꽃씨들로 빵집 옥상에 정원을 꾸미는 일이었다. 아무것도 없이 황량하던 옥상은 리디아의 정성으로 멋진 정원이 된다. 외삼촌이 깜짝 놀라는 장면은 이 동화책의 압권이다.

아빠가 취직해 집으로 돌아와도 좋다는 편지가 오고, 외삼촌은 리디아와의 이별을 위해 커다란 케이크를 준비한다.

'휴업'이라는 팻말을 걸고는 에드 아저씨와 엠마 아줌마와 저에게 위층으로 올라가서 기다리라고 하셨어요. 외삼촌은 제가 지금까지 한 번도 보지 못한 굉장한 케이크를 들고 나타나셨어요. 꽃으로 뒤덮인 케이크였어요. 저한테는 그 케이크 한 개가 외삼촌이 천 번 웃으신 것만큼이나 의미 있었습니다.

마침내 떠나는 날, 기차역 플랫폼에서 외삼촌과 리디아는 꼭 껴안고 작별인사를 한다. 나에게는 이 장면이 늘 인상적으로 다가온다. 《리디아의 정원》이 가르치는 것은 이별 안에서도 기쁨을 발견하는 성숙한 감정이다.

나는 세라 씨에게 《리디아의 정원》과 비슷한 기억을 더듬어보라고 주문했다. 그녀의 입에서 마음의 저편에 밀어두었던 그 시절에 대한 고백이 흘러나왔다. 그녀는 어느새 슬픔을 터뜨리며 오열하기 시작했다. 다시 여덟 살 아이로 돌아갔다.

당시 세라 씨는 부산에 살았다. 외할머니 댁은 부산에서 얼마간 떨어진 어촌이었는데 하루에 다섯 번씩 부산에서 배가 들어왔다. 점심을 먹고 그녀는 늘 포구에 나가 앉아 있었다. 해질 무렵이면 마지막 배가 도착하고, 여객들이 모두 집으로 돌아갈 때까지 그녀는 엄마의 그림자를 찾았다.

때로 하염없이 눈물을 쏟았고, 때로는 그 눈물이 밤새 마르지 않았다. 그런 날들이 몇 달이나 지속되었다. 그동안 까마득히 잊고 있었던 것은 이 기억을 망각하기 위해 무던히 애쓴 탓이었다.

"너무 너무 힘들었어요. 너무나 가슴이 아팠어요."

의도적 망각으로 지워졌던 쓰라린 이별의 기억이 복원되었다. 하지만 과연 고통뿐이었을까? 《리디아의 정원》에서 그려내고 있듯이, 이별은 늘 새로운 만남의 시작이다.

나는 한 번 리디아가 되어보자고 했다. 그녀는 다시 기억의 저편으로 들어갔다.

"앞집에 순이라는 아이가 살았어요. 저랑 동갑이었는데, 그 아이와 놀았던 기억이 많이 나요. 같이 갯가에서 게랑 고둥도 잡고 가끔 헤엄을 쳤어요. 그 아이랑 있을 때는 엄마 생각을 잊을 수 있었던 것 같아요. 외할머니도 늘 절 꼭 안고 잠을 잤어요. 외할머니가 자주 했던 "아이구, 애린 것을" 하는 말이 떠올라요. 지금도 외할머니 댁에 가면 정말 좋아요. 아니 가슴이 벅차요. 할머니는 여전히 절 꼭 안아주시거든요."

나는 외할머니 댁에서 나올 때의 기억을 떠올려보자고 했다.

"엄마가 와서 정말 정말 기뻤어요. 그런데 순이가 많이 울었어요. 내가 또 놀러 올 거니까 울지 말라고 했는데 막무가내였어요. 외할머니도 많이 우셨어요. 그때 순이랑 외할머니 모습이 생생해요. 나도 울었어요. 그 헤어짐이 또 너무 슬퍼서……."

만남은 이별을 통해 이루어지고, 이별 없이는 인생도 한 치 앞으로 나아갈 수 없다. 헤어짐은 모든 관계의 필연이다. 이별을 만남의 전 단계로 이해하고 만남을 이별과 연결된 사건으로 이해할 때, 비로소 우리는 성장할 수 있다.

나는 세라 씨에게 남자친구를 사랑하는 것이 확실하다면 용서를 비는 일을 주저하지 말라고 조언했다. 용서를 구하는 것 역시 사랑의 일부이기 때문이다. 설사 그가 더 잘못했다고 해도 용서를 비는 순서가 있는 것은 아니라고 했다.

다섯 번째 상담에 세라 씨의 남자친구가 따라왔다. 그녀가 먼저 용기를 내어 용서를 빌었고, 남자친구 역시 기다렸다는 듯이 미안하다고 사과했다. 그리고 자신도 단단히 화가 나서 충동적으로 여행에 참석했던 것은 맞지만, 그 직장 여자 후배와는 아무 사이도 아니라고 몇 번이고 다짐했다.

세라 씨의 생각처럼 남자친구는 그녀와 맞지 않는 사람이 아니었다. 성격 검사를 해보니 오히려 둘의 성격은 대단히 잘 맞는 편이었다. 둘 다 책과 영화를 즐기며 다분히 감성적이었다.

나는 힘껏 사랑하고 이별의 운명은 받아들이는 것이 인생이라고 말했다. 세라 씨가 '이 남자와 이별해도 나는 전혀 문제가 없을 것이다. 괜찮을 것이다'라고 마음을 놓은 이후, 둘의 사랑은 더욱더 깊어졌다.

나는 남자친구에게 한 가지 부탁을 했다. 서울에서 멀긴 하지만 둘이서 그녀의 외할머니 댁에 갔다 오는 것이 어떻겠냐고. 남자친구는 그렇지 않아도 한 번은 찾아뵈려고 했었다고 말했다. 얼마 후 그 일은 이루어졌다.

　우리는 만남 안에서 성장하기도 하지만, 이별 안에서 성장이 이루어지기도 한다. 이별은 단지 아프기만 한 것은 아니다. 이별은 때로 만남의 꽃이다.

… 당신이 그토록 불안할 수밖에 없는 이유 …

알랭 드 보통 《불안》

스무 살 민희 씨는 극심한 불안을 느끼고 있었다. 처음 상담실에 들어섰을 때, 미처 꺼두지 않은 방 안 닥트의 회전음에 적잖은 불안을 호소했다. 가끔 환청이 들리고 눈을 뜬 대낮에도 무서운 이미지와 기분이 밀려든다고 했다.

처음 만난 날 그녀는 자신이 무서워하는 대상들을 열거했다. 그리고 마치 계산된 듯한 불행의 징검다리들이 이 공포감을 깊어지게 했다고 설명했다.

가장 치명적인 징검다리는 가고 싶지 않았던 대학에 입학해서 생긴 일이었다. 금방 그만 둘 생각을 하고 다니기 시작한 학교에 한 남자가 있었다. 이미 애인이 있는 남자 동기였다. 그는 잘생기고 언변이 좋았다. 학기 초 두 사람은 학과 일을 같이 하며 만날 일이 많았고 친해졌다.

일은 과 MT에서 벌어졌다. 민희 씨의 기억으로는, 분명 자신이 술에 취해서 그에게 "너, 나랑 자고 싶냐?"라고 물었다는 것이다. 그것도 몇몇 동기와 선배가 지켜보는 앞에서 말이다. 그 일은 그녀의 시간을 정지시켰다. 실수에 대한 수치심이 그녀를 불안이라는 기둥에 밧줄처럼 동여맸다.

물론 그것은 착각이다. 민희 씨는 술에 취해 바로 잠들어 자는 내내 잠꼬대 한 마디 하지 않았다. 옆에서 지켜본 동기의 증언은 그랬다. 얼마 후 그녀는 자퇴했고, 그 일로 자책하며 삶을 두려워하게 되었다. 처음에는 사람 만나는 일이 힘들었고, 나중에는 사람들이 있는 곳에 가는 일 자체가 어려워졌다.

그런데 이 사건은 민희 씨의 불안을 드러낸 한 사건에 지나지 않았다. 민희 씨의 삶에는 불안이 깊어지는 계기들이 있었다. 무엇보다 부모의 심한 불화가 큰 원인이었다. 어릴 적 그녀는 엄마와 아빠가 이혼하면 자신은 어디로 가야 하나 하는 고민으로 두려움에 떨었다.

그런데 민희 씨는 공부를 잘해 부모님의 기대를 한몸에 받았다. 어린 그녀에게 공부로 성공하는 일은 모든 불행의 매듭을 푸는 길이었기에 이를 악물고 공부했다. 하지만 이모가 있던 경기도의 비평준화 고교에 진학하면서 아슬아슬하던 곡예는 조금씩 어긋나기 시작했다. 도무지 공부를 할 수 없었고 성적은 바닥으로 떨어졌다.

그즈음 부모가 운영하던 작은 세차장도 경영난으로 문을 닫았다. 당시 부모의 불화는 극단으로 치달았다. 아버지는 술에 의지해 하루하루를 지냈다. 그러다 그녀가 고등학교 2학년 때 암으로 돌연 세상을 떠나고 말았다. 그녀는 자신의 성적 하락과 아버지의 죽음을 묘하게 연관 짓고 있었다. 고등학교에 진학해 성적이 떨어지면서 아버지에게 암이 생겼을 것이라고 확신하고 있었다.

불안은 사회적 산물이다. 특히 무한 경쟁 구도나 지독한 성과주의는 한국인의 불안을 부풀리는 핵심 요인이다. 민희 씨의 불안도 마찬가지였다. 그녀도 성공에 대한 압박이 심했다. 고등학교 시절 성적으로 비관하던 일, 지방대학에 간 자책, 다시 수능 공부를 하고 있지만 공부가 안 되는 점, 좋은 대학을 선망하는 마음들로 마음의 교통정리가 힘들었다.

민희 씨는 스스로 명문대병에 걸려 있다고 진단했다. 돌아가신 아버지가 자주 했던 말 "네가 고려대에 가면 좋겠다"를 여전히 가슴에 품고 살았다. 성공에 대한 열망은 그녀 마음을 쑥대밭으로 만든 장본인이었다.

불안에 대한 탐구

...

프랑스 작가 알랭 드 보통은 《불안》에서 커리어에 대한 기대가 현대인의 불안을 증대시키는 요인이라고 적고 있다. 한 개인이 올라

갈 수 있는 한계가 분명했던 신분제 사회가 끝나고, 개인의 노력에 따라 성공의 수준이 달라지면서 사람들은 불안감에 휩싸일 수밖에 없었다.

어디서 어떤 피를 가지고 태어나느냐에 따라 지위가 날 때부터 고정되는 사회가 아니라면, 지위는 우리의 성취에 달려 있다. 우리는 어리석거나 자기 자신을 잘 몰라 실패할 수도 있고, 거시 경제나 다른 사람들의 적의 때문에 실패할 수도 있다. 실패에서 굴욕감이 생긴다. 이것은 우리가 세상에 우리의 가치를 납득시키지 못했고, 따라서 성공한 사람들을 쓸쓸하게 바라보며 우리 자신을 부끄러워할 처지에 놓였다는 괴로운 인식에서 나온다.

성공하고픈 열망이 불안을 조장한다. 바라던 성공이 어려운 일임을 자각할 때 불안은 더 짙어진다. 알랭 드 보통은 한 강의에서 '루저'들에 대한 가혹한 평가가 성공에 대한 열망과 불안을 더욱 부추긴다고 말했다.

민희 씨 역시 자신을 자주 '루저'라고 표현했다. 이 지독한 수렁에서 벗어나 한시 바삐 명문대에 들어가 성공해야 한다는 강박적 사고에 사로잡혀 있었다. 동시에 낙오자인 자신에 대한 원망과 자책, 비난에서 단 하루도 자유로울 수 없었다.

민희 씨는 아버지의 죽음을 실패의 극단적인 증거로 받아들이고 있었다. 그리고 아버지의 상처받은 유년 시절, 가난, 힘든 직업생활, 술, 신세 한탄, 암과 죽음이라는 비극적 인생 스토리를 마치 자신이 지금 겪고 있는 일처럼 현재화했다. 그녀는 자기가 아버지의 길을 그대로 답습하고 있다고 믿었다.

그 남자 동기와의 일은 억압된 성 충동과도 관련 있었지만, 동시에 자기 자신의 완결성을 훼손하는 일이었고 그녀는 그것을 인생이 파멸되어 가는 징조로 받아들였다. 자신이 아버지의 실패를 그대로 반복하고 있음을 확신하게 만든 사건이었다.

민희 씨에게 아버지는 애증의 존재인 동시에 반면교사로 삼아야 할 불량한 인생 교과서였다. 그녀는 아버지에 대한 편견에서 벗어나야 했다. 그리고 삶을 성공의 관점에서만 바라보는 세계관을 재고해야 했다.

나는 상담 때마다 '가족 서사 써보기' 숙제를 내놓았다. 특히 아버지에 대한 내용을 많이 적게 했다. 마치 리포트를 제출하듯 민희 씨는 성실하고 꼼꼼하게 숙제를 해왔다.

숙제를 위해 엄마와 아버지에 대한 이야기를 나누며 민희 씨는 많은 사실을 알게 되었다. 사실 아버지에 대한 엄마의 불만은 그 무능함 때문이 아니었다. 타인들을 위해서는 헌신하면서도 정작 가족은 홀대하는 것이 불만이었다.

아버지는 성공하지 못한 사람이긴 하나 결코 인생을 허비한 사람은 아니었다. 장남인 그는 어린 동생들을 대학에 보내기 위해 뼈 빠지게 일했고, 가족을 위해 사업을 벌였다가 실패하면서 많은 고통을 받았다. 비록 원하는 삶은 아니었다고 해도 제대로 살지 않은 삶은 아니었다.

아버지는 누구보다 열심히 살았다. 유품 정리를 하며 발견한 수첩을 들춰보면서 엄마는 아버지가 얼마나 많은 일을 했고 성실했던 사람인지 알았다고 했다.

민희 씨는 이제 '아버지의 삶은, 사랑하는 여인을 만나 아내로 맞이하고 사랑스런 아이를 낳고 자식들이 잘 성장하도록 열심히 일했던 삶이었다'고 설명할 수 있게 되었다.

민희 씨의 고통 가운데 다른 하나는 불면이었다. 그런데 아버지에 대한 긍정이 이 증상을 현저히 줄였다. 조금은 편하게, 깨지 않은 채 잘 수 있게 되었다.

민희 씨를 만나 상담한 지도 1년이 가까워지고 있다. 최근에는 한 달에 한 번 정도 나를 찾는다. 그녀는 어느 정도 불안을 정복했다. 그리고 올해 한 지방대학의 심리치료학과에 입학했다. 물론 고질적인 명문대병은 사라졌다.

… 그러니까 문제는 차이가 아니라 차별이다 …

KBS 다큐멘터리 〈매트 위의 작은 영웅, 더스틴 카터〉

열두 살 영한이는 타까야수 동맥염이라는 희귀 질환을 앓고 있었다. 동맥혈관에 원인을 알 수 없는 염증이 자주 생기는 병으로, 동양인에게 많이 생기고 치료가 거의 불가능하다. 치료보다는 조절이 관건인 병이다.

영한이는 이 병 때문에 큰 수술을 여러 차례 받았다. 사소한 일에 집착하는 강박적 사고는 수술과 치료 과정에서 생긴 후유증이었다. 영한이는 컵의 위치와 방향이 잘못되어 있거나, 다 쓴 화장지가 휴지통에 들어가 있지 않으면 견디지 못하는 강박증을 갖고 있었다. 영한이는 무언가가 계속 그렇게 하라고 머릿속에서 명령을 내린다고 했다.

더 큰 문제는 자책이었다. 자신이 이런 질병을 가지고 태어났기 때문에 주변사람들에게 고통을 주고 있다고 생각했다. 특히 엄마에 대한 미안함이 컸다. 엄마 역시 아이의 질병으로 인해 몇 년간 우울증을 앓았고, 그 영향은 고스란히 아이의 마음에 옮겨졌다. 아이는 자신이 괴물 같다고 자주 말했다.

영한이는 엄마의 말은 하나도 거역하지 못했고, 엄마와 떨어질까봐 내내 두려워했다. 초등학교 5학년인데도 여전히 엄마와 같이 잠을 잤다. 밤에 혼자 있으면 무서운 상상들 때문에 견디기 어려웠기 때문이다. 불안감 탓에 엘리베이터나 지하철 타기도 두려워하는 아이였다.

영한이의 심리 문제는 크고 깊었다. 아이의 마음 깊은 곳에 자리한 공포심과 자책감을 해결하기 위해서는 상담 외에 독서·미술·연극 치료들을 통합해 적용해야 했다.

나는 아이와 독서치료를 했다. 우선 제임스 J. 크라이스트가 쓴 《괜찮아 괜찮아 두려워도 괜찮아》라는 인지치료 치유서로 두려움부터 잡아야 했다. 인지치료는 인지적 오류, 즉 마음의 오해들을 바로잡는 치료법이다.

또한 깊은 비관주의와 자책감을 털어내기 위해서는 장애에 대한 편견을 극적으로 뒤집을 필요가 있었다. 그래서 선택한 것이 다큐멘터리 〈매트 위의 작은 영웅, 더스틴 카터〉였다.

다섯 살까지 건강하게 자라던 더스틴은 어느 날 박테리아 감염으로 사경을 헤맨다. 그리고 감염된 사지를 절단하는 대수술을 받아야 했다.

다시 아기처럼 그를 돌보려던 엄마와 달리 아버지는 "네가 할 일은 스스로 하라"고 요구한다. 훗날 부모가 도움을 줄 수 없을 때를 위해서였다. 이후 더스틴은 팔다리가 없음에도 불구하고 거의 모든 일을 스스로 해내는 아이로 자란다.

놀라운 것은 더스틴이 레슬링 선수라는 점이다. 그것도 장애인 대회가 아니라 일반인들이 출전하는 대회를 준비하는 학교 대표 선수이다.

영한이와 나는 6분가량으로 편집된 〈매트 위의 작은 영웅, 더스틴 카터〉를 함께 감상했다. 영한이는 '어떻게 저럴 수 있을까?' 하는 표정으로 뚫어지게 화면을 지켜봤다.

더스틴은 비장애인 레슬링 선수들과 온몸을 던져 겨룬다. 하지만 주 대표 선발전에서 결국 8강의 벽을 넘지 못한다. 그러나 그가 패한 순간, 5년간 필사의 노력을 기울여온 그의 투지를 아는 천여 명의 관중은 일제히 일어서 박수를 보낸다.

이 장면의 내레이션 역시 감동적이다.

"잡을 손이 없는 레슬러가 필사의 힘을 다해 상대를 끌어안고 자신의 인생을 끌어안는 모습에 사람들은 박수를 보낸다."

짧은 동영상이었지만 나와 영한이는 한동안 감동에 도취되어 있었다. 영한이는 다큐멘터리 전체를 보고 싶다고 했다. 나는 엄마와 함께 방송사 홈페이지에서 60분짜리 동영상을 보라고 권했다.

다음 주, 아이는 동영상을 본 소감을 한참 쏟아냈다. 더스틴의 불굴의 의지는 영한이에게 더없이 크게 다가왔다. 잔뜩 겁에 질려 있던 표정은 불과 2~3주 만에 자취를 감추었다.

나는 영한이 어머니에게 거듭 부탁했다. 아이가 자신이 괴물이 아니라 신의 선물임을 느끼게 해달라고. 신이 자신을 이렇게 태어나도록 한 데는 다 그만한 이유가 있고, 그 이유에 보답하는 삶을 살아가야 한다고 설득하라고 말이다.

완전함이 아닌 온전함을 위하여

...

나는 장애로 인해 심적 고통을 겪는 이들을 가끔 만난다. 최근에도 중증 소아마비를 앓는 분과 보청기에 의지해야만 소리를 들을 수 있는 청각장애를 가진 분과 상담했다. 두 사람 모두 자기혐오가 심했다.

장애를 가진 내담자들을 위한 감상 자료 가운데 대표적인 것은 단연 헬렌 켈러의 전기이다. 초등학생 고학년만 되어도 나는 《헬렌 켈러-A Life》를 권한다. 도로시 허먼이 지은 이 책은 그 자체로 뛰어난 문학작품이다. 오토다케 히로타다의 《오체불만족》도 자주 권하는 치유서이다.

영한이에게도 비록 장애를 가졌지만 인간의 위대함을 증명했던 여러 인물 이야기들을 들려주었다. 헬렌 켈러, 오토다케 히로타다,

스티븐 호킹, 한스 게오르그 가다머……. 어머니가 책을 사줘 영한이는 헬렌 켈러를 알고 있었고, 스티븐 호킹도 과학자가 꿈인 영한이에게는 큰 버팀목이었다.

나는 영한이가 잘 모르는 한스 게오르그 가다머에 대해 자세히 알려주었다. 가다머는 20세기 철학의 증인이다. 그는 아흔아홉 살까지 대학에서 강의를 했으며, 그의 사유는 인간의 지성을 한 단계 진보시킨 것으로 평가받는다.

가다머는 여섯 살 때 소아마비를 앓아 평생 중증 장애인으로 살며 극심한 척추 통증에 시달렸다. 다리를 심하게 절었지만 지팡이를 짚지 않다가 나이가 들어 결국 지팡이에 의지하게 됐다. 그는 "나이를 먹으니 다시 네 발로 걷는다"고 웃으며 말하곤 했다.

가다머는 평생 장애와 질병을 연구한 학자이기도 하다. 질병과 장애에 대한 그의 생각은 장애인의 미래를 밝히는 등불과 같았다.

나는 영한이에게 가다머가 "인간이란 온전함을 지향하는 존재"라고 말한 것을 설명했다. 온전함이란 결점이 없는 완벽함이 아니라 신체와 정신이 조화를 이루는 상태이다. 그리고 장애를 가졌지만 가다머처럼 온전함을 거의 달성한 사람이 있는가 하면, 사지육신이 멀쩡해도 온전하지 못한 상태에서 죽음에 이르는 어리석은 이들도 많다.

영민한 영한이는 내 이야기를 잘 받아들였고, 가다머에 큰 감동을 받았다.

나는 영한이에게 또 말해주었다.

"영한아, 사람에게는 독수리의 발톱이 없으니 독수리 입장에서 사람은 장애를 가진 것이겠지. 완벽함이란 없는 거야. 그러니 신체적인 문제가 없다고 아무 문제가 없다고 생각하는 건 잘못이야. 마찬가지로 몸에 무언가가 부족하다고 그것이 문제라고 생각하는 것도 잘못이야. 너는 남들과 다른 특성이 있지만, 그것 때문에 스스로를 차별해서는 안 돼."

영한이는 나의 말을 듣고 고개를 끄덕였다. 그리고 정말 온전한 것은 몸이 멀쩡한 것이 아니라 정신이 건강한 것이라고, 이제는 스스로를 차별하지 않겠다고도 했다.

영한이는 또 한 차례 큰 수술을 앞두고 있다. 수술을 생각하니 또다시 조금 두렵다고 했다.

이 아이가 평생 짊어지고 가야 할 삶의 무게에 연민이 느껴졌다. 세상이 조금은 이 아이의 어깨를 가볍게 해줄 '온전함'을 가졌으면 좋겠다.

Chapter

3

당신이 이기지 못할 상처는 없다

마음의 집은 가끔 주인이 바뀌곤 한단다.
어떤 날은 불안이 어떤 날은 초조가 어떤 날은 걱정이 네 마음의 집을 다스리지.
(…) 걱정하지 마. 이 세상에는 다른 마음들이 아주 많거든.
그 마음들이 네 마음을 도와줄 거야.

_《마음의 집》 중에서

··· 이별 후에도 여전히 떠나보내지 못했다면 ···

올리버 제퍼스 《마음이 아플까봐》

"제 삶은 왜 이럴까요?"

은서 씨는 깊은 슬픔에 빠져 있었다. 첫 만남 내내 소리 없이 눈물을 흘렸다. 서른한 살 은서 씨는 재작년 결혼을 택했다.

짧은 연애 끝에 은서 씨가 결혼을 결심한 이유는 암으로 투병하던 엄마 때문이었다. 마지막 가시는 길에 자신의 결혼을 보여주고 싶었다. 결혼은 또한 엄마 때문에 고통스러워지는 마음과 고독에서 벗어나기 위한 도피였다. 그러나 결혼은 그녀의 문제를 아무것도 해결해 주지 못했다.

그녀의 심리 문제 핵심은 이별의 상처였다. 은서 씨는 태어나자마자 집 근처의 병든 외할머니 밑에서 자랐다. 그녀의 일상은 대문 앞에 나가 엄마가 오기를 기다리는 것이었다. 하지만 가난과 싸우느라 지쳐 있던 엄마는 그녀를 자주 찾지 않았다.

그 한없는 기다림은 삶에 대한 비관성을 심어준 뿌리 깊은 사건이었다. 그녀 안에는 여전히 미처 자라지 못한 슬프고 불안한 아이가 있었다. 생애 초기에 애착 문제가 생기면 아이는 믿음과 불신의 사고체계 가운데 불신의 스위치를 켜게 된다. 이는 한 인간의 인생을 비관과 불안의 수렁에 빠뜨리는 첫 단추가 된다.

은서 씨에게 새겨진 또 한 가지 절망은 대학에 가지 못한 일이었다. 부모의 무능력으로 인한 지독한 가난 탓에 그녀는 대학에 가는 대신 적성에 맞지 않은 일을 하며 돈을 벌어야 했다. 그 생활이 10년 가까이 이어졌다. 먹고 사는 문제가 어느 정도 해결된 이십 대 후반, 생존을 위해 인생의 의미를 내던졌던 자기 삶에 대한 회한이 그녀를 몹시 괴롭히기 시작했다.

다행히 이 무렵 만난 지금의 남편은 살갑고 다정하며 헌신적이었다. 하지만 그런 남편이 견디지 못할 정도로 은서 씨의 슬픔과 분노, 불안은 이미 파괴적으로 변해 있었다. 칼날처럼 비어져 나오는 아내의 짜증 섞인 말과 고통의 감정을 마주하며 남편 역시 시들어 가고 있었다. 처음 은서 씨를 이끌고 나를 찾은 것도 남편이었다.

은서 씨 안에는 유년기 엄마와의 이별, 십대 시절 자신의 꿈과의 이별, 이십 대 시절 인생의 의미들과의 이별, 작년에 겪은 죽도록 미웠던 아버지와의 사별, 그리고 어머니와의 사별들이 발 디딜 틈 없이 들어차 있었다.

엄마는 떠났지만 은서 씨는 엄마를 보내지 못하고 있었다. 아직도 엄마는 그녀의 꿈에 나타나 슬픔의 정수리를 찔렀다. 엄마가 영영 볼 수 없는 곳으로 떠났으므로 상심은 헤아릴 수 없는 깊이였다.

퍽 오랫동안 은서 씨는 나와 함께 죽음의 수용과 애도를 위한 시간을 가졌다. 그리고 그녀와 가장 많이 나눴던 대화 주제는 이별의 상처였다. 이를 위해 함께 감상했던 텍스트는 올리버 제퍼스의 《마음이 아플까봐》이다.

한 소녀가 있었다. 그리고 소녀를 끔찍이 사랑하는 할아버지가 있었다. 호기심 많은 소녀는 그날그날 자신이 본 것과 느낀 것을 할아버지에게 들려주었다. 할아버지는 소녀의 재잘거림에 늘 귀 기울여 들어주었다.

소녀는 행복한 나날들을 산다. 하지만 어느 날 갑자기 할아버지가 사라진다. 사랑하던 할아버지가 돌아가시며 소녀는 마음의 문을 닫는다. 세상에 대한 관심도 잃고 만다.

두려워진 소녀는 잠깐만 마음을 빈 병에 넣어두기로 했습니다.
'마음이 아플까봐!'

할아버지가 돌아가시자 소녀는 자신의 마음을 작은 유리병에 담아 목에 걸고 다닌다. 이후 그녀는 마음이 아프지는 않았지만, 늘상 우울했다. 기뻐도 기뻐하지 못하고, 슬퍼도 슬퍼하지 못하는 채로.

내게는 이 예쁘고 예민한 동화책을 사랑하는 특별한 이유가 있다. 소녀의 할아버지가 늘 앉아 있던 의자가 어느 날 비어 있는 장면, 소녀가 멍하니 빈 의자를 응시하는 장면, 두 페이지를 꽉 채운 빈 의자가 주는 깊은 울림과 정서적 충격은 나의 유년시절 아픔을 기억나게 한다.

나의 할아버지는 늘 인자한 표정을 짓는 신세대 노인이었다. 남의 눈치를 살피지 않고 손자를 업고 다니며 시장 구경을 시켜주었고, 며느리도 살뜰히 챙겼다. 우리 집에는 암에 걸린 아내를 현대의학으로 살리려고 가산을 탕진한 할아버지의 사랑이야기가 전해진다.

그런 할아버지가 내가 여덟 살 때 후두암으로 돌아가셨다. 생경한 장례식과 할아버지의 부재는 충격이었다. 과자 사 먹으라고 내밀던 동전과 담뱃내 나던 할아버지의 방을 나는 아직도 생생히 떠올릴 수 있다. 할아버지가 사라진 작은 방은, 이후 함부로 드나들 수 없는 결핍과 부재의 공간이었다.

책을 처음 보았을 때, 내 할아버지의 빈 방과 동화책 속의 빈 의자는 강렬하게 오버랩되었다. 그리고 몇 년 전 아버지가 돌아가시며 비어버린 시골집의 안방까지, 여러 이미지들이 겹쳐졌다. 이 책은 내 부재의 기억을 떠올리는 작은 '추억 버튼'과 같았다.

《마음이 아플까봐》를 읽는 동안 은서 씨의 눈은 다시 한 번 촉촉이 젖었다. 은서 씨도 엄마가 사라진 빈 방에 대해 같은 심정이었다. 유리병에 마음을 넣어두고 사는 소녀의 모습에서는 자신의 유년 시절을 떠올렸다.

하지만 그 눈물은 슬픔에 대한 새로운 이해에서 흘러나오는 것이었다. 그 즈음 어머니의 죽음을 수용하고 애도하는 일도 어느 정도 마무리되었다.

유리병 속 마음 꺼내기

...

《마음이 아플까봐》는 결국 회복의 이야기이다. 어른이 된 주인공은 어느 날 바닷가에서 어릴 적 자신의 모습을 꼭 닮은 호기심 많은 한 소녀를 만난다. 소녀를 바라보면서 주인공은 이제 유리병에서 마음을 꺼내고 싶어한다. 하지만 온갖 방법을 써봐도 마음은 꺼내어지지가 않는다. 그런데 놀라운 일이 벌어진다. 바닷가로 굴러간 유리병을 집어든 소녀가 자신의 마음을 쑤욱 빼내는 게 아닌가? 갇혀 있던 주인공의 마음은 이제 되살아나 슬플 때 슬퍼하고 아플 때 아파할 수 있게 된다.

마침내 마음은 제자리로 돌아왔습니다.

주인공이 바닷가에서 만난 그 소녀는, 어쩌면 어린 시절의 자신이었는지도 모른다. 결국 주인공의 회복은 어린 시절 호기심 넘치던 자신을 회상하고 그렇게 되고자 마음먹었기에 가능했던 일이

101

다. 주인공의 마음은 다시 세상에 대한 호기심으로 가득해진다. 그리고 그 마음에는 삶의 기쁨과 행복이 물밀듯 밀려와 채워진다.

마지막 페이지에는 빈 유리병이 그려져 있다. 주인공은 이별의 상처에서 일어나 자신의 감정에 충실한 지점으로 걸어나온다.

은서 씨 역시 상처로 가려져 있던 건강한 자아를 되찾아가고 있다. 조그만 일에도 기뻐하고, 몰입하고, 힘차게 살아왔던, 그럼에도 상처 때문에 지켜주지 못했던 긍정적인 자신을 재발견하고 있다.

과거란 생각하기 나름이다. 아무짝에도 쓸모없는 못난 과거란 없다. 상처의 이면에는 언제나 그 시절의 삶을 지탱하고 지켜나간 건강한 '나'가 존재하는 것이다.

우리는 상처를 디디고 성장한다. 이별의 상처가 성장을 인도하는 치유제가 되는 것이 인생의 마법이다. 숱한 인생 역정은 앞날의 동력이 될 수 있는 것이다.

은서 씨는 '내 엄마의 전기 쓰기' 작업에서 끝내는 "늘 사랑이 넘쳤던 내 엄마, 자기 몸이 바스러지도록 자식을 돌본 사람"이라고 적기에 이르렀다.

그녀에게는 엄마의 죽음이야말로 오랫동안 몰랐던 엄마의 진짜 모습을 발견토록 한 '거룩한' 사건이었는지도 모른다. 엄마가 돌아가시지 않았다면 여전히 그녀 안에는 원망스러운 엄마만 존재했을지 모른다.

예전처럼 매주는 아니나, 지금까지 은서 씨는 나를 찾고 있다. 그녀의 오랜 우울증과 어머니의 죽음으로 인해 겪었던 외상 후 스트레스 장애(PTSD, Post-Traumatic Stress Disorder)는 거의 사라졌다.

이제는 보다 긍정감을 높이는 상담을 진행하고 있다. 책을 읽고 자신의 생각을 말하면서 역경을 이기는 심리체력을 키우는 독서상담이다. 아이 키우느라 조금 힘들긴 해도 그녀는 착실히 한 권 한 권 읽어나가고 있다.

뜻밖에 며칠 전 남편이 권고사직을 당했지만 그녀는 씩씩하게 웃으며 그리 걱정하지 않는다고 말해 나를 당황케 했다. 그녀의 그런 웃음은 과거에는 없던 것이었다.

비관주의가 학습되는 것처럼 낙관성 역시 연습할 수 있는 마음이다. 이별이 상처가 아니라 성장의 디딤돌임을 안 것처럼, 삶의 역경들은 오롯이 내일의 자양분으로 남을 것이라는 점을 이제는 그녀도 알게 되었다.

… 죽음에 대한 두려움 없이
지금 이 순간을 사는 법 …

오 헨리 〈마지막 잎새〉

나를 찾아왔을 때, 선혜 씨는 잔뜩 겁에 질린 표정이었다. 그녀는
밤마다 악몽에 시달리고 있었다. 하루하루가 죽음의 환상들과의 악
전고투였다. 꿈의 내용은 정신분석치료 교과서에 나오는 그대로였
다. 시체들이 즐비한 방 같은 꿈은 듣기만 해도 소름이 돋았다.

선혜 씨는 죽음의 공포에 사로잡혀 아무것도 할 수 없는 상태였
다. 심지어 밥 먹고 잠자는 아주 기본적인 일도 해내기 어려웠다.
겨우 스물한 살인 그녀가 끊임없이 죽음을 떠올리는 상황은 결코
어울리는 일이 아니었다.

선혜 씨는 열여덟 살 때 백혈병 진단을 받고 2년 가까이 투병했
다. 동생에게서 골수를 기증받아 수술은 무사히 마쳤고 경과도 좋
았다. 고통스러운 항암 치료까지 잘 이겨냈다. 그런데 어느 날 문득
공포스러운 감정에 휩싸였다.

선혜 씨는 외상 후 스트레스 장애를 겪고 있었다. 이는 감당할 수 없는 신체적 손상, 생명의 위협을 겪은 후의 극단적 심리여서 때로는 이 외상 후 스트레스 장애로 인한 장애 판정이 내려지기도 한다.

외상 후 스트레스 장애는 몇 달이나 몇 년이 지나 발병하기도 한다. 선혜 씨에게는 수술 후 정확히 6개월 만에 나타났다. 분노와 수치심, 과도한 집착, 우울감, 지나치게 예민한 반응 등이 동반되었다.

선혜 씨의 공포는 인지적 오류에서 빚어진 것이었다. 병원에서도 완쾌될 가능성이 높다고 진단했고 본인도 수술이 매우 성공적인 줄 알면서도, 그녀는 자신이 죽을 뻔했다는 사실에 집착했다. 그래서 당장 자신이 죽을 수도 있다고 오인하고 있었다.

정신과 약도 꾸준히 복용하고 있었지만 그것만으로는 부족했다. 자신의 상황을 수용할 필요가 있었다.

나는 두 가지 제안을 했다. 정말 그렇다면 당신이 그토록 고민하는 죽음을 제대로 생각해 보자는 것이 첫째였고, 반대로 하루하루 살아가는 일상을 세밀하게 감지해 보자는 것이었다. 그리고 죽음에 관한 책, 일상에 관한 책과 영상 목록을 제공했다.

주 교과서는 셸리 케이건의 《죽음이란 무엇인가》와 이정우의 《사건의 철학》이었다. 선혜 씨의 고민 자체가 결코 가볍게 다룰 만한 것이 아닌지라 조금 벅차긴 해도 이 책들의 조언을 꼭 경청해야 한다고 당부했다.

선혜 씨는 나와 만나는 몇 달 동안 이 두 책을 여러 번 읽었다. 하지만 연극인을 꿈꾸는 연극영화과 학생 선혜 씨에게는 딱딱한 철학 책보다는 문학작품이 훨씬 효과적이었다.

선혜 씨의 마지막 잎새

...

어느 날, 일찍 와서 대기실에 앉아 있는 선혜 씨에게 나는 오 헨리 단편선을 건넸다. 읽어봤겠지만 다시 한 번 〈마지막 잎새〉를 읽고 상담실에 들어오라고 했다.

오 헨리는 공금 횡령으로 복역하던 중 처음 소설을 쓰기 시작했 는데, 〈마지막 잎새〉의 줄거리는 이렇다.

뉴욕의 가난한 예술가촌에 사는 무명 화가 존시는 폐렴에 걸려 생사를 오가는 지경에 이른다. 병세가 짙어지자 그녀는 모든 희망 을 접고, 창문 너머 담쟁이덩굴에 매달린 잎새들이 모두 저버리고 나면 자신의 생명 역시 다할 것이라고 믿기에 이른다.

친구 수가 아무리 타일러도 존시는 자신의 생명과 담쟁이덩굴 잎 이 떨어지는 것을 동일시했다. 답답했던 수는 이웃의 늙은 무명 화 가 베어만에게 이 사실을 알린다.

간밤에 심한 비바람이 불고 다음 날 창문의 커튼을 젖혔을 때, 담 쟁이덩굴에는 잎새 하나가 남아 있었다. 모진 폭풍우에도 떨어지지 않고 버틴 잎새를 바라보며 존시는 생의 의욕을 갖게 된다.

다음날 아침이 밝자 존시는 다시 커튼을 올려달라며 수에게 떼를 썼다. 담쟁이 잎은 여전히 거기 붙어 있었다. 존시는 한동안 그 잎새를 바라보며 누워 있었다. 그리고 그녀는 가스스토브에 닭고기수프를 끓이던 수에게 말했다.

"수, 나 그동안 정말 못되게 굴었지?"

존시가 말했다.

"무언가가 저 마지막 잎새를 떨어지지 못하게 한 거 같아. 아마 내가 얼마나 성질이 못됐는지 알게 하려고 그런 것 같아. 죽음을 기다리는 건 죄악이야. 나도 그 수프 좀 먹고 싶어. 그리고 포도주를 조금 탄 우유도 함께 말이야."

그 잎새는 간밤에 비바람을 맞으며 베어만이 그려놓은 그림이었다. 베어만은 그 후 폐렴을 심하게 앓다 죽고 말았다. 담장에 그려진 마지막 잎새는 변변한 작품 하나 가지지 못했던 베어만의 마지막 걸작이었다.

〈마지막 잎새〉를 읽고 상기된 선혜 씨는 한동안 호흡을 가다듬었다. 나는 선혜 씨에게 병을 알게 된 때를 회상해 보라고 했다. 그녀는 그때 자신 역시 존시처럼 절망했다고 고백했다. 죽음이 너무나 무서웠노라고.

이번에는 당신이 살기를 간절히 바라는 사람들을 떠올려보라고 했다. 그녀가 가장 먼저 떠올린 사람은 열일곱 살이던 동생이었다.

동생은 누나를 걱정하며 기꺼이 수술을 받았다. 베어만의 마지막 잎새처럼, 동생의 골수 덕분에 그녀는 살아날 수 있었다.

그리고 엄마와 아빠, 특히 자신을 끔찍이 예뻐해 주시는 할머니가 떠오른다고 했다. 수술실에 들어가던 날도 할머니는 두 손을 꼭 잡아주었다. 아직도 그 따뜻한 손을 생생히 떠올릴 수 있다고 했다.

수술 후 깨어났을 때의 기분을 회상해 보라고 하자, 그 순간은 희망에 부풀어 있었다고 했다.

인간은 죽은 다음 다시 살지 못하기에 죽음을 알 수 없다. 그러니 우리는 마땅히 삶을 이야기해야 하는 존재이지 죽음을 반추하는 존재가 될 수 없다. 모든 생명은 죽지만 우리는 죽는 바로 그 순간까지 계속해서 삶을 노래해야 한다.

'메멘토 모리(Memento mori)'는 라틴어로 '죽음을 기억하라'는 뜻이다. 반대말은 '카르페 디엠(Carpe Diem)'으로, '오늘을 잡아라'라는 뜻이다. 죽음을 떠올리지 말고 오늘을 잡을 일이다.

선혜 씨도 이 점을 잘 이해하고 있었다. 상담이 마무리될 즈음이던 어느 날, 선혜 씨에게 볼프 에를브루흐의 《내가 함께 있을게》를 읽게 했다. 에를브루흐는 《누가 내 머리에 똥 쌌어?》로 우리에게 친숙한 작가인데 《내가 함께 있을게》는 상당히 진중한 내용이다. 주인공은 '죽음'이다.

어느 날 오리에게 죽음이 찾아온다. 오리는 죽음을 친구처럼 따뜻하게 대한다. 그리고 어느 날 오리에게도 자신의 죽음이 찾아온다. 친구 죽음은 죽은 오리를 강에 떠내려 보낸다.

죽음은 오랫동안 떠내려가는 오리를 바라보았습니다. 마침내 오리가 보이지 않게 되자 죽음은 조금 슬펐습니다. 하지만 그것이 삶이었습니다.

죽음은 인간 존재를 떠받치는 힘이다. 하지만 죽음이 떠받치는 동안 우리는 살고 있고, 또 살게 된다. 우리는 죽음 위에서 살아가고 있다.

이 책을 읽으며 환해지던 선혜 씨의 표정이 떠오른다. 선혜 씨는 이 동화책을 나중에 꼭 연극으로 표현해 보고 싶다고 했다. 그러려면 열심히 잘 살아야 할 것이라고 조언했다.

나는 공포로 인해 잃어버렸던 선혜 씨의 일상을 찾아주기 위해 애썼다. 일기를 쓰고, 다양한 감각 활동을 하고, 예술을 향유할 수 있도록 독려했다. 생이 차오르자 선혜 씨의 죽음도 서서히 존재의 아래로 가라앉았다.

그녀는 이제 다가올 죽음보다는 지금 살아가고 있는 현재에 집중할 지혜를 갖게 되었다.

… 그녀들에게는 '자기만의 방'이 필요하다 …

버지니아 울프 《자기만의 방》

스물아홉 살 수정 씨는 대학을 졸업한 후 중국에서 3년, 일본에서 1년을 보냈다. 아버지를 피하기 위해서였다. 그녀에게는 사생활이 필요했다. 끔찍하게 싫어하는 줄 알면서도 아버지는 노크도 없이 수시로 방문을 열고 들어왔다. 그러고는 종종 몇 시간씩 잔소리를 퍼부었다.

아버지는 경상도 출신으로 가부장적인 데다 매사를 불만의 눈길로 바라보는 인물이었다. 중학교 시절, 수정 씨는 반에서 유일하게 아버지에게 회초리를 맞는 아이였다. 고등학교에 입학해서야 회초리 세례에서 벗어날 수 있었다.

당연하다고 할 만하게, 수정 씨의 꿈은 외국에서 사는 것이었다. 어학에 자신이 있던 그녀는 대학에서 관광통역을 전공했다. 아버지의 간섭에서 벗어날 수 있다면 영혼마저 팔 작정이었다. 하지만 중국에서 지내던 3년간 악재가 겹치며 원래 겪어왔던 불안장애가 심해져 사람을 만나는 일조차 힘들어졌다.

한 중국 남성에게서 스토킹을 당했던 경험이나, 한국인 관광 가이드 일을 할 때 교포인 사장에게서 임금을 떼이는 일 같은 것들이었다. 특히 싫다고 하는데도 멈추지 않던 스토킹 탓에 불안의 도화선에 불이 붙었다.

지금은 부모가 사는 서울 집에서 예전의 생활을 반복하며 불안과 슬픔의 날을 보내고 있다. 다시 집으로 들어오던 날 아버지는 "네가 하는 일이 다 그렇지. 아버지 말 안 듣고 날뛰더니 그럴 줄 알았다"며 날선 비난을 멈추지 않았다. 수정 씨는 악을 쓰고 난리를 쳐 겨우 아버지의 비난을 멈추게 할 수 있었다.

다시 저주스러운 아버지 얼굴을 보자 불안감은 걷잡을 수 없이 증폭되었다. 심지어 아버지뻘의 남자들을 접할 때도 심한 불안을 느꼈다. 섭식장애까지 생겨 몇 달 만에 20킬로그램 이상 체중이 불었다. 뭔가를 꾸역꾸역 먹지 않으면 불안해서 미칠 것 같았다. 며칠 전에는 욕실에서 자살을 시도하기까지 했다.

몇 개월의 상담 기간 동안 수정 씨의 아버지는 얼굴을 비치지 않았다. 딸의 불안장애가 자기 탓인 줄은 알지만 평생을 지녀온 말버릇을 고칠 수는 없다고 그녀의 어머니가 전했다. 어머니 역시 지난 세월이 가슴에 응어리져 있었다. 괜찮다가도 남편이 초인종을 누르면 가슴이 뛰고 답답해지기 시작한다고 했다.

내 처방은 집에서 당장 나오라는 것이었다. 공포의 원인이 아버지이니 그 사람을 당분간 피해야 했다. 화해도 필요했지만 서른이 가까운 그녀에게 더 중요한 것은 자립이었다.

상담 중반쯤 이 일은 이루어졌고, 기적처럼 그녀의 불안은 해소되었다. 그녀에겐 '자기만의 방'이 필요했던 것이다.

《자기만의 방》은 버지니아 울프의 에세이이다. 울프는 이 책에서 '자기만의 방'과 '연간 5백 파운드'가 주어질 때 여성이 작가로서 존립할 수 있다고 말한다.

울프는 가부장제 아래 억눌린 여성 작가는 창조성마저 잦아들어 독창적이고 리얼한 글을 써낼 수 없다고 이야기한다. 이전 여성 작가의 목소리에 개성이 부족했던 것은 모두 이 때문이라고.

가령 응접실에서 소설을 쓰다 다른 사람이 나타나면 얼른 원고를 숨겨야 했던 제인 오스틴에게 만약 자기만의 방이 있었다면 좀 더 나은 소설이 가능했을 것이라고 상상한다.

또 셰익스피어에게 영민한 누이가 있어 그녀에게 여성에게 가해지던 속박과 규율이 지워지지 않았다면, 문학사는 달라졌을 것이라고 설명한다.

우리 각자가 연간 5백 파운드와 자기만의 방을 가진다면, 우리가 생각하는 바를 정확하게 표현할 용기와 자유의 습성을 가지고 있다면, (……) 그렇다면 그 기회가 올 것이고, 셰익스피어의 누이였던(작가가 상상한 가정이다) 그 죽은 시인은 자신이 자주 내다 버렸던 육신을 걸칠 것입니다. 그녀 이전에 오빠가 그랬듯 그녀는 앞선 무명 시인들의 삶에서 자신의 생명을 이끌어내어 다시 태어날 것입니다.

21세기에 접어든 지금도 여성의 경제적 독립은 중대하다. 누군가의 딸로 살다가 누군가의 아내가 되고 누군가의 어머니로 사는 일은 단지 삶의 한 면일 따름이다.

여성은 자신의 삶을 살아야 한다. 오롯이 홀로인 자기만의 삶이 필요하다. 그러기 위해서는 공간과 시간, 그리고 내면을 다듬을 여러 차원의 여유가 요구된다.

시간적·공간적·심리적 토대가 만들어지면 그 안에 개성이 만들어질 수 있다. 누구의 무엇도 아닌 자기 가치가 무르익을 수 있다. 누구라도 집이 생기면 집주인다운 내면이 생기게 마련이다.

한 인간의 개성은 도저한 것이어서 한낱 부모나 초기 양육 환경이 결정할 수 없다. 이는 심리학자 주디스 리치 해리스의 '부모 영향력 제로' 이론이다. 그녀 자신이 부모의 영향력에서 벗어나 개성을 한껏 꽃피운 학자로, 이 이론은 미국의 심리학계에 일대 파문을 일으켰다.

수정 씨에게 '부모 영향력 제로' 이론은 위로가 되었다. 아버지에게 연연한 지금의 심리는 일시적인 것이며, 얼마든지 극복할 수 있다는 의욕이 조금씩 샘솟는다고 했다.

한국인은 독립에 서툴다. 게다가 한국 여성은 지나치리만치 자립에 서툴다. 누군가의 무엇이 아닌, 자기 이름과 개성을 탄생시키는 일은 그래서 한국 여성들에게 숙제이다. 그렇지 못하다면 한 번뿐인 이 생의 의미가 위기에 처할 것이다.

마침내 수정 씨 아버지는 딸이 시집가면 주려던 돈이라며 아내에게 상당한 금액이 든 통장을 건넸다. 직접적 언급은 아니었으나 생전 처음으로 딸에게 미안하다는 뜻도 내비쳤다. 그 돈으로 집과 멀리 떨어진 방을 구하러 다니며 수정 씨와 어머니 모두 들떠 있었다.

오히려 어머니가 더 기대에 부풀었다. 수정 씨를 챙긴다는 명목으로 자주 그 집에 가 있을 상상을 하며, 비록 딸의 '방'이지만 자신 역시 남편의 독재가 없는 공간을 마련한다는 기대감에 차 있었다. 수정 씨 어머니는 30년 가까이 남편을 종처럼 수발한 대가로 받은 '방'이라고 했다. 그 희망과 기대감이 수정 씨의 치료에도 적잖은 도움이 되었다.

비록 아버지뻘은 아니지만, 나 역시 열 살 이상 많은 남자였던 까닭에 나를 만나 상담하는 일 자체가 수정 씨에게는 일종의 '체계적 둔감화 훈련(불안 대상에 자주 노출시켜 불안감을 줄이는 것)'이었다. 나는 지속적으로 아버지뻘의 남자들과 접촉해 보라고 했다. 시장이나 식당에 가보고 중년 남자가 일하는 편의점에도 일부러 들러보라고 했다.

당연히 아무 일도 없었다. 수정 씨는 자신의 불안이 뇌의 오인임을 차츰 자각할 수 있었다. 하지만 현대적 심리치료에서는 불안을 줄이는 일보다 자신의 개성과 내면을 강화하는 일이 더 효과적이고 역동적인 결과를 가져온다. 나는 그녀에게 더 다양하고 폭넓은 활동을 주문했다.

드디어 자기만의 방을 가지면서, 수정 씨는 버지니아 울프가 이야기한 대로 여러 개성적 활동을 본격적으로 할 수 있게 되었다. 그동안 쓰지 않던 일기도 마음껏 쓸 수 있게 되었다.

그녀는 중학교 때 일기를 쓰다가 아버지에게 몹시 혼난 적이 있었다. 일기를 훔쳐본 아버지는 "계집애가 공부는 안 하고 쓸데없는 짓만 한다"며 여러 날을 심하게 질책했다. 그 이후 그녀는 일기 쓰기를 포기했었다.

영화나 음악을 즐기는 시간도 크게 늘었다. 누구도 '터치'하지 않으니 날아갈 것 같다고 했다. 전에는 집에서 영화 한 편 보는 것도 아버지를 화나게 하는 일이었다. "취업 준비 안 하고 매일 처놀고 있다", "아직 배가 덜 고파봤다"라는 아버지의 비난이 쏟아졌다.

최근 수정 씨는 내가 목록을 정리해 준 영화를 보느라 여념이 없다. 이렇게 좋은 영화들이 많았는지 몰랐다며 환호했다. 앞으로 1년은 심심하지 않겠다고 했다.

자기만의 방을 가지면서 수정 씨에게도 기쁨과 행복이, 긍정적인

생의 감각이 찾아왔다. 마트에 가서 자신이 먹을 음식을 사는 일조차 전과는 의미가 다르다고 했다. 난생 처음 친구들을 자기만의 방에 불러 느긋한 저녁식사를 즐기기도 했다.

또 예정대로 엄마를 자주 불러 함께 장을 보고 아버지는 싫어하지만 모녀는 좋아하는 음식들을 만들어 유쾌하고 오붓한 저녁을 즐겼다.

밤마다 피자로 불만과 불안을 해소하던 불안한 식습관도 말끔히 사라졌다. 더 이상 큰 결핍과 허기가 그녀를 구속하지 않았기 때문이다. 덕분에 나와 상담하는 몇 달 사이 그녀의 몸무게는 거의 예전으로 돌아갔다.

수정 씨와 진지하게 나눈 또 다른 이야기는 돈을 버는 일에 관한 것이었다. 그녀는 지금의 자신감이라면 예전에는 떨어질까봐 벌벌 떨며 지원서도 못 냈던 여행사들에도 선뜻 지원할 수 있을 것 같다고 했다.

그녀는 어느새 불안을 떨쳐버리고 새로운 미래를 꿈꿀 수 있는 강한 사람이 되어 있었다.

⋯ 나도 내 마음을 발견할 수 없을 때 ⋯

김희경 / 이보나 흐미엘레프스카 《마음의 집》

스물세 살의 윤정 씨는 군대 간 남자친구가 휴가를 나왔을 때 몇 차례 성관계를 가졌다. 그러다 임신을 하고 말았다. 밤잠을 이루지 못하며 고민하던 중, 아이는 누구도 자신을 원하지 않는다는 사실을 알기라도 하는 듯 자연스레 유산되었다. 마침 남자친구가 부대장의 허락을 받고 윤정 씨의 임신중절 수술을 위해 나오려던 참이었다.

윤정 씨로서는 다행스런 일이었다. 하지만 그 후 윤정 씨는 심각한 죄책감에 싸이며 우울증에 빠져들었다.

나를 찾아왔을 때, 그녀는 자기 마음 안에 두 사람이 함께 있다고 했다. 한없이 선량하고 올바른 사람과, 폭력적이고 저속하며 공격적인 다른 사람이 동거하고 있다고 했다. 제발 뱃속의 불순물이 사라지라고 외치던 악마 같은 자기와, 아이를 낳아 길러야겠다고 마음먹는 고결한 자기는 서로 다른 사람이라고 했다. 그녀는 두 마음이 분리되어 하루에도 수십 번씩 곡예를 타고 있었다.

그녀와 한참의 대화를 통해 그 이유를 찾아 들어갔다.

윤정 씨의 어머니는 몹시도 잔소리가 많았다. 결혼에 대한 불만, 남편에 대한 불쾌감이 깊었던 어머니는 이를 윤정 씨에게 시종 토로했다. 어린 딸에게 남편의 일거수일투족을 욕하고 비난했다. 채열 살도 되기 전부터 윤정 씨는 삶과 아버지에 대한 엄마의 명료한 이분법을 접하며 살아야 했다.

"인생을 네 아버지처럼 살면 안 돼. 그럼 실패하고 마는 거야."

그녀 안에서 아버지는 인생의 낙오자로 자리 잡았다. 아버지에게 보내던, 하지만 연기(演技)된 그 혐오의 눈빛은 그녀의 죄책감의 핵심이었다. 그 낙오자를 결코 닮아서는 안 되었다. 이번의 임신과 유산은 자신이 낙오자라는 느낌을 강하게 받도록 하는 일이었다.

엄마의 이분법 안에서 어린 윤정 씨는 착한 아이가 되고 말았다. 불만과 두려움, 분노를 입 밖에 내지 못하고 참아내는 말 잘 듣는 아이가 되었다.

착한 아이 증후군(The Good Child Syndrome)은 기본적인 정서적 욕구가 억압되는 상황에서 아이가 자신을 '착한 아이'로 규정하고, 착한 아이라는 말을 듣기 위해 내면의 소망과 욕구를 억압하면서 왜곡되는 심리 기제이다.

착한 아이들은 어른이 되어서도 착한 여자, 착한 남자, 좋은 사람이 되려고 애를 쓴다. 그들은 '착하다/나쁘다'의 이분법에서 자유로

울 수 없다. 결국 스스로를 강하게 규제하고 억압하는데, 성인우울증의 상당수는 착한 아이 증후군에서 비롯된다.

군대에 있는 남자친구는 처음 진심으로 이해를 받은, 깊은 사랑을 느낀 유일한 사람이었다. 그래서 엄마가 자신을 거절할까봐 전전긍긍하던 심리 습관은 남자친구와의 관계에로 이어질 수밖에 없었다. 그의 마음이 상할까봐, 그의 마음을 잃을까봐 싫다는 소리 한 번 해본 적이 없었다. 남자친구가 기분 나빠하면 그것이 결코 자신 때문이 아닌 경우에도 그녀는 참담해지곤 했다.

윤정 씨에게 《착한 아이 사탕이》라는 그림책을 건넸다. 아이들에게 착한 아이가 되어서는 안 된다고 가르치는 심리교육 동화이다.

언제나 말 잘 듣는 착한 아이랍니다. 사탕이는 절대 울지 않아요.
"우리 사탕이는 아파도 참을 수 있지, 울지 않지?"
무척 아팠을 텐데 이렇게 착한 아이가 세상에 또 있을까요?

자신의 어린 시절과 너무나 닮은 사탕이의 모습에 윤정 씨는 주체할 수 없는 눈물을 흘렸다.

정서 표현과 자기주장이 어려웠던 윤정 씨는 결국 심한 자아의 대립과 분열을 겪을 수밖에 없었던 것이다. 안타깝게도 윤정 씨의 입꼬리는 항상 올라가 있었다. 시종 웃음 띤 그녀의 표정 역시 오랫동안 연기된 것이었다. 그 웃음은 지극한 슬픔을 느끼는 순간에도 얼굴에서 잘 지워지지 않았다.

　그래서 그녀가 겪는 우울증의 이름도 '가면우울증(Masked depression)'이었다. 말 그대로 마치 가면을 쓴 것처럼 우울한 기분을 겉으로 드러내지 못하는 증상이다. 그녀가 청소년 시절 내내 겪었던 끊임없는 가슴 두근거림이나 무기력감, 다른 여자아이들은 잘 하지 않던 자위행위에 대한 의존은 모두 이 때문이었다.

마음은 내가 사는 집

...

이야기를 통해 자기 자신에 대한 이해가 가능해지면서 윤정 씨는 좀더 심도 있게 자신을 발견하는 작업에 들어갔다. 심한 무기력감 때문에 책을 읽기 힘들다고 호소하는 그녀는 내가 권한 웨인 다이어의 《행복한 이기주의자》나 크리스토프 앙드레의 《나라서 참 다행이다》를 읽어오지 못했다. 그런 그녀를 위해 나는 매번 여러 권의 그림책과 동화, 영상을 준비했다.

　그녀에게 많은 감화를 주었던 책은 채인선의 《나는 나의 주인》과 김희경의 《마음의 집》이었다.

　《나는 나의 주인》은 정체성 이해를 돕기 위한 목적이 뚜렷한 그림책으로 독서치료에 자주 쓰인다. 윤정 씨는 이 책을 반복해 읽었고, 여러 군데에서 회복의 단서를 발견했다. 그리고 다음의 구절에서 큰 인상을 받았다.

슬플 때 나는 아기처럼 엉엉 웁니다. 슬플 때 나는 내가 좋아하는 사람에게 가서 그 곁에 가만히 앉아 있습니다. 슬플 때 나는 예전에 읽었던 재미있는 책을 다시 꺼내듭니다. 나는 어떻게 내 기분을 나아지게 하는지 알고 있습니다.

이 대목은 윤정 씨의 마음을 어루만지면서도 깊은 회한을 느끼게 했다. 그녀의 엄마는 "너 계속 그렇게 울고 있으면 내 딸 아니다"라며 울지 말 것을 종용했다. 자신은 정작 우울증 때문에 딸 몰래 이불을 뒤집어쓰고 엉엉 울 때가 많았으면서도, 어린 딸이 속상해 우는 것은 끔찍이 싫어했다.
어린 시절, 윤정 씨는 울지 못해 답답했고 그 풀 길 없고 풀 줄도 모르는 기분을 떠안고 살아야 했다. 그러니 울적한 기분을 스스로 푸는 법을 알아야 한다는 조언이 크게 와 닿았던 것이다.
나는 이 책의 다음 부분을 여러 차례 소리 내어 읽고 노트에 적도록 권했다.

그래요. 나는 가끔 "싫어요, 하지 마세요" 하고 말합니다. 누가 내 몸을 다치게 할 수 있으면 "싫어요." 누가 내 마음을 상하게 할 수 있으면 "하지 마세요."

윤정 씨를 한 걸음 내딛게 이끈 김희경의 《마음의 집》은 아이들만을 위한 책은 아니다. 세계적인 그림책 작가 이보나 흐미엘레프스카의 그림은 보는 사람의 마음 깊은 곳을 흔드는 마력이 있다. 그 힘은 이 책에서도 여지없이 발휘된다. 그래서 어른들의 자기 회복에도 효능이 있다. 책은 "우리 마음은 어디에 있을까?"로 시작된다.

마음은 우리가 살고 있는 집과 같아. (……) 마음의 집은 모양도 크기도 다 달라. 백 사람이면 백 개의 집이 생기지. 마음의 집에는 문이 있어. 어떤 사람은 아주 조금만 열고 어떤 사람은 활짝 열어두지. 문을 아예 닫고 사는 사람도 있단다. (……) 그런데, 마음의 집은 가끔 주인이 바뀌곤 한단다. 어떤 날은 불안이 어떤 날은 초조가 어떤 날은 걱정이 네 마음의 집을 다스리지. 또 어떤 날은 네가 사랑하는 사람이 마음의 집 주인이 되기도 한단다. (……) 걱정하지 마. 이 세상에는 다른 마음들이 아주 많거든. 그 마음들이 네 마음을 도와줄 거야. 언제나 너를 도와줄 거야.

그리고 누군가에게 손을 내미는, 퍽 따뜻해 보이는 손이 마지막 장면을 차지한다. 이 책을 읽은 후, 윤정 씨는 웨인 다이어와 크리스토프 앙드레의 책들을 읽을 기력을 찾았다. 그리고 자신이 겪었던 비극을 누구라도 겪을 수 있는 '흔한' 일로 축소시킬 수 있었다.
나는 윤정 씨가 걱정이 되어 휴가를 나온 남자친구도 만났다. 아직 어린 친구였지만, 윤정 씨가 속 깊은 사람이라고 한 이유를 알 만했다. 나는 윤정 씨의 심리적 사정을 자세히 알리고 그녀가 자신의 주장과 기분을 편하게 말할 수 있도록 도왔으면 좋겠다고 조언했다. 그러니 3년간 두 사람은 '이별 금지'라고 했다. 전역이 얼마 남지 않은 그는 제대하면 그녀를 많이 돕겠다고 다짐했다.

몇 번의 설득 끝에 윤정 씨의 어머니도 나를 찾았다. 우울증을 앓던 윤정 씨 어머니는 친구의 소개로 한 절에 다니면서 조금은 마음의 안정을 얻을 수 있었다. 윤정 씨에 대해서도 참회하고 뉘우쳤다. 늘 주눅 들어 지내는 딸을 위해 열심히 기도하고 있었다.

어머니는 딸이 아픈 줄 알고는 있었지만, 이렇게 깊은 상처가 있는 줄 몰랐다며 두어 번 윤정 씨 앞에서 한참 울었다. 엄마의 눈물은 윤정 씨에게도 깊은 치유였다.

반년 넘게 상담을 이어가고 있는 윤정 씨는 지금 자신이 좋아하는 일을 탐구하고 있다. 자신을 알 수 없었던 그녀는 진로 역시 뒤틀어져 있었다. 그리고 봉사활동이나 사회복지사 자격증 따기와 같은 몇 가지 일을 찾아냈다.

예전의 일그러진 웃음은 사라졌다. 이제 기쁠 때 그녀의 얼굴에서는 편안한 미소가 배어나온다.

··· 살아갈 기회가 있다는 건 결단코 행운이다 ···

빅터 프랭클 《죽음의 수용소에서》

수면제 과다 복용으로 구급차에 실려 응급실까지 갔던 지민 씨는 이틀 뒤 여동생과 함께 나를 찾았다. 하지만 그녀는 상담실을 찾을 일이 아니라 병원에 입원해 있어야 할 수준이었다. 위세척과 수면제, 신경안정제 복용으로 동공이 반쯤 풀린 그녀는 자살이 자신에게 줄 수 있는 마지막 선물이라고 했다.

결혼 전부터 삶이 서글펐다. 가족은 조금도 가족답지 않았다고 했다. 그녀의 내적 불행과 자기혐오 습관은 깊었다. 마지막 대안이던 결혼도 바른 선택이 아니었다. 고대했던 결혼생활은 조금도 행복하지 않았다.

지민 씨와 전 남편은 아이들이 보는 앞에서 자주 죽을 만치 다퉜다. 지민 씨의 말에 따르면, 당시에는 별 것이었지만 지나고 보니 별 것 아닌 일로 이혼했다. 이혼 그리고 아이와의 생이별보다 '별 것'은 없었다. 우울증은 원래 가진 지병이었으나 이혼 과정에서 더 깊어졌다.

아이를 다시는 볼 수 없게 되었고, 그녀는 가슴을 더욱 쥐어뜯었다. 새로 급하게 사귄 남자친구는 형편없는 건달이었다. 여전히 지민 씨는 그 건달에게 돈을 갈취당하고 있었다. 남편이 준 위자료를 떼이는 자신을 미워하면서 관계를 유지하기 위해 돈을 갖다 바쳤다. 그러면서 삶은 더 파손되었다. 심지어 돈이 궁해 노래방 도우미까지 했다며 자신을 끝 간 데 없이 혐오했다.

나는 다음 내담자를 기다리게 하면서까지 두 시간 넘도록 살아야할 이유를 납득시키려 했다. 하지만 그녀는 이 '지랄' 같은 삶에 아무도 개입하지 말라고 했다. 여동생 역시 동생으로서 할 만큼 한 뒤에는 자신을 제자리에 놔두길 원했다. 죽든 사라지든 상관하지 말라는 것이었다.

그녀에게는 자살할 충분한 이유가 있었던 것일까? 아니 인간이 자살을 할 만한 합당한 이유가 존재하는 것일까?

내 삶에도 죽음이 공기처럼 떠돌던 시절이 있었다. 문학 공부라는 오랜 소망을 가슴에서 지우자 정신을 빨랫줄에 널어놓은 듯 허망했다. 헤어진 여자친구 집에 맡겨놓은 서울 살림을 친구도 부르지 못한 채 다리를 몹시 저는 늙은 아버지와 둘이 날랐다. 그렇게 10년 서울살이를 영영 끝맺으며 낙향을 했다.

죽음의 얼굴은 생각보다 더 구체적이었다. 시골집 옆 호수는 사이렌처럼 자신에게 몸을 담그라고 유혹했다. 그때 나는 죽음에 관해 끈질기게 탐색해야만 했다. 죽음을 다룬 책도 미친 듯 읽어야 했다. 죽음을 배우는 일은, 살기 위한 것이었다.

이 세상에 자신의 존재를 대신할 수 있는 것이 아무것도 없다는 사실을 일단 깨달으면, 생존에 대한 책임과 그것을 계속 지켜야 한다는 책임이 아주 중요한 의미로 부각된다.

빅터 프랭클의 가르침은 그런 것이었다. 그는 나를 살린 은인 가운데 한 명이다. 그의 다른 저서들도 큰 울림을 전하지만 백미는 단연코 《죽음의 수용소에서》이다.

빅터 프랭클은 히틀러 치하 시절 아우슈비츠 수용소를 비롯한 강제수용소에서 3년여의 시간을 보냈다. 그는 생과 사를 넘나드는 숱한 고난을 견뎌야 했다. 그것은 가족이 죽음에 이르고, 동료들이 한순간 주검이 되어 돌아오는 참혹한 현실이었다. 그러니 모멸은 단지 가벼운 일상이었다.

구타는 아주 사소한 이유로 일어났으며, 어떤 때는 전혀 이유가 없는 경우도 있었다. 한 가지 예를 들겠다. 빵이 작업장까지 배달되면 배급을 받기 위해 줄을 서야 했다. 그런데 한 번은 내 뒤에 섰던 사람이 그 줄에서 약간 밖으로 삐져 나갔던 모양이다. 그런데 이렇게 줄이 삐

뚝어졌다는 사실이 감시병의 비위를 상하게 했다. 나는 내 뒤에서 무슨 일이 있었는지 몰랐고, 감시병에 대해서도 주의를 기울이지 못했다. 그런데 갑자기 무엇인가가 내 머리통을 두 번이나 강타하는 것이 아닌가. 그제야 나는 몽둥이를 휘두른 감시병이 내 옆에 있다는 것을 알았다.

하지만 비인간성의 경험은 성찰의 사다리가 되었다. 그것은 죽음에 직면해 삶을 강렬하게 반추하는 초유의 경험이었다. 현실에서 쌓아온 문명이 모두 퇴각했을 때 인간성은 어떤 모양과 빛깔을 띠게 되는지 확인할 수 있는 '심리 실험실'이었기 때문이다. 한편 명민한 심리 연구자에게는 신의 선물과도 같은 행운이었다.

죽음이 떠돌고 인간성이 산산조각 난 아우슈비츠에서 그는 깨달았다. 인간은 감당할 수 없을 듯한 절망 가운데서도 내일을 응시할 힘이 있는 존재였다. 인간에게서 모든 것을 빼앗아갈 수 있어도 단 한 가지, 주어진 환경에서 자신의 태도를 결정하고 자기 자신의 길을 선택할 수 있는 자유만은 빼앗아갈 수 없는 것이었다.

수용소에서 살아 돌아온 후 그는 심리치료 방법에서도 변화를 모색한다. 로고테라피(Logotherapie)였다.

인간에게 심리 문제가 발생하는 많은 원인은, 생의 의미를 온전히 발견하지 못해서이다. 그러므로 그는 지난한 생의 문제를 마주한 환자가 심리적 도피를 시도하거나 자살을 떠올릴 때, 존재의 참

된 의미를 떠올릴 수 있도록 하자고 주장한다. 또한 영적 치유를 위해서는 심리상담을 넘어서는 철학적 물음이 제시되어야 한다고 말한다.

살아야 할 의미, 살아야 할 책임

...

지민 씨가 자신의 자살의 정당성을 한껏 읊고 났을 때, 내가 했던 것도 심리상담이 아니었다. 그것은 삶의 의미에 대한 질문이었다. 그녀에게 빅터 프랭클 외에도 오프라 윈프리 그리고 내가 만난, 죽음에서 헤어 나온 여러 내담자들 이야기를 들려주었다. 물론 나의 아픈 경험도.

지금 당신에게 자살이 공기처럼 와 닿는 이유는 삶의 의미에 대한 생각을 중단했기 때문이며, 그러니 삶이 실재하는 지금 현실과 내일을 바라보라고 설득했다.

그녀에게 '생의 빛'을 전하려 나는 여느 상담과는 달리 격앙되어 있었다. 그리고 불안에 사시나무처럼 떠는 여동생을 불러 언니에게 가족의 사랑을 보여주라고 당부했다. 그녀에게는 죽음을 이길 만한 사랑이 필요하다고.

지민 씨에게 바랐던 이런 성찰과 질문은 한때 나의 근본 문제이기도 했다. 프랭클은 삶을 뒤흔들 만큼의 문제가 있다면 회피할 것이 아니라 그것을 진심으로 고뇌하라고 권한다. 나도 그런 시간을 거쳐 왔었다.

2005년 무렵 연예인들이 잇달아 자살하던 때가 있었다. 온 나라가 유명인의 죽음을 모방하는 베르테르 효과(Werther effect) 때문에 몸살을 앓았다. 죽음을 고민하던 내가 삶의 의미를 조금씩 찾아가던 때라서, 삶의 무의미를 고민하다가 끝내 죽음을 택한 그들의 선택이 선명하게 와 닿았다.

나는 생(生)과 사(死)라는 두 의미 사이에서 진자운동을 꽤 해야 했다. 물론 승리자는 '생의 진실한 의미'였다.

삶은 유한하다. 우리에게는 지금 이 순간을 살아갈 귀한 기회가 주어졌다. 이는 결단코 행운이다. 난관이나 역경은, 지나고 보면 대개 극복될 수 있는 일이다. 죽을 만큼 힘들어도 시간이 지나면 상처는 아물게 마련이다.

그러니 기다려야 한다. 슬픔이 끝나면 안도의 시간이 이어질 것이니, 우리에게 필요한 것은 조금 느린 호흡과 작은 인내이다.

그날 이후 지민 씨는 더 이상 오지 않았다.

그녀와의 가슴 아픈 상담이 있은 후 나는 기분이 조금 가라앉았다. 왜 좀 더 풍부한 설득을 할 수 없었을까 하는 자책이 일었기 때문이다.

한 달쯤 지났을까. 혹여 하며 지민 씨의 동생에게 안부전화를 걸었다. 다행히 그녀가 가족의 설득 끝에 병원에 입원했고, 집중적인 치료를 받으면서 호전되었다는 소식을 들을 수 있었다.

무사히 치료가 진행된다면, 그녀의 자살 경험은 프랭클의 표현대로 생의 생생한 자산이 될 것이다.

… 왜 떠올리기 싫은 기억과 만나야 할까? …

EBS 다큐멘터리 〈약자들의 등불이 되다, 오프라 윈프리〉

떠올리기조차 싫은 일이었다. 열한 살 난 소녀에게는 아무 힘이 없었다. 그것은 비밀이 되었다. 살아오는 내내 그 일은 누구에게도 발설해서는 안 될 금단의 기억이었다. 남편에게조차 이 일만은 알릴 수가 없었다.

더럽혀진 자신을 사랑하지 않을 것 같아 잠조차 편히 자지 못했다. 혹 잠꼬대라도 할까봐. 세정 씨는 외줄을 타는 광대처럼 전전긍긍하며 살아왔다.

원한과 상처는 분노로 변해 아홉 살 난 딸에게 쏟아졌다. 때로 때리고 할퀴고, 험하디 험한 말을 아이의 가슴에 비수처럼 꽂았다.

세정 씨는 터질 것 같은 마음으로 자신이 할 수 있는 마지막 방법을 찾아 헤맸고, 결국 상담을 신청했다.

내게는 그 비밀이 보였다. 나는 조심스레 설득했지만, 그녀는 쉽사리 입을 뗄 수 없었다. '발설'에 앞서 더 큰 문제는 '받아들임'이었다.

이런 경우에는 그 일을 그 자체로 수용하는 마음이 형성되어야만 한다. 그렇게 하지 않아 세정 씨는 마음이 박제처럼 굳어 있었다. 그녀는 아주 오랫동안 마치 기둥 없는 집처럼 떠돌며 살고 있었다. 그 고통이 오죽했을까.

세정 씨는 불안이나 우울 이외에도 여러 심리 문제를 안고 있었다. 자살 충동은 일상이어서 자살을 상상하며 베란다 문 앞에 한참을 서 있기도 했다.

나는 그녀가 오래전 어딘가에 내다버린 자신을 다시 받아들일 수 있도록, 그 다친 아이를 비난하지 않고 보듬어 품을 수 있도록 여러 이야기를 권했다. 그 중심에 오프라 윈프리의 이야기가 있었다.

1990년 5월 21일, 방송 진행을 맡고 있던 오프라 윈프리는 다시는 떠올리고 싶지 않았던 자신의 과거지사를 고백한다. 그것은 일종의 방송 사고였다. 한 여성 출연자와 그녀가 어린 시절 겪었던 성적 학대에 대한 대화를 나누던 중, 자신의 경험을 말하지 않을 수 없는 고조된 감정에 휩싸이고만 것이다.

사생아였던 오프라 윈프리는 아홉 살 때 처음 친척 오빠에게서 성폭행을 당했다. 그 후로도 수차례 다른 친척이나 이웃 어른들에게 같은 일을 당했다. 그리고 열네 살에 미혼모가 되었고, 아기는 2주 만에 죽었다. 그녀는 점점 비뚤어졌으며, 나중에는 성적으로 문란해져 어린 나이에 방탕한 삶을 살았다.

천만다행으로, 소년원에 갈 뻔했던 그녀는 친부에게 돌려보내져 엄격하면서도 자애로운 교육 덕에 온전한 인생길로 되돌아설 수 있었다. 그리고 흑인 여성 최초로 뉴스 앵커가 되고 토크쇼 진행자가 되면서 미국 역사상 가장 성공한 흑인 여성이라는 평가를 받았다.

성폭행이라는 상처를 떠안은 이들에게 오프라 윈프리의 이야기를 권하는 것은, 그녀가 큰 역경을 딛고 성공했다는 사실 때문이 아니다. 내가 그녀의 이야기에 집중하는 것은 오로지 자신의 상처를 용감하게 드러낼 수 있느냐 하는 차원의 문제이다.

다큐멘터리 〈약자들의 등불이 되다, 오프라 윈프리〉에서는 치유의 메시지를, 그 우렁찬 목소리를 만날 수 있다.

오프라 윈프리는 힘주어 말한다.

이야기하세요. 사람들이 당신을 믿지 않더라도 모두에게 계속 이야기하세요. 누군가 당신의 말에 귀를 기울일 때까지요.

최소한 제 경험을 통해 뭔가 좋은 일을 할 수 있을 것 같습니다. 저처럼 학대받는 아이들이 없길 바랍니다.

여러 사람 앞에서 자신의 아픔을 토로하는 것은 심리 치료의 중요한 방법 가운데 하나이다. 그리고 이를 좀 더 확장해 자신의 상처를 공론화하는 것을, 그녀의 이름을 따 '오프라피케이션

(Oprahfication)'이라고 부른다. 그 방송 사고가 있은 후, 그녀는 이 고백을 상처를 치유하는 적극적인 방법으로 활용하고 있고, 여러 현장에서 이 방법이 원용되고 있다.

우리 사회는 여전히 여성의 성적 학대, 나아가 어린 시절의 성폭력 경험이 지극한 금기로 남아 있다. 공론화되지 않았으니 상처는 더 깊어진다.

가해자들은 햇빛 아래 살지만 피해자들은 그늘에서 기거하는 어처구니없는 역설이 우리 사회에 도사리고 있다. 오프라 윈프리의 업적은, 이 문제를 '공론화' 함으로써 더는 피해자가 음지에 숨어 있지 않아도 되는 사회를 앞당긴 것이다.

불편한 상처를 표현하기

...

세 번째 만남에서 세정 씨는 비교적 상세하게 그날을 고백했다. 가해자들은 여러 명의 중학생 오빠였고, 그녀는 초등학교 4학년이었다. 그녀를 겁줘서 야산에 끌고 가 차례로 성폭행했다.

그녀는 하혈을 하면서도 엄마 몰래 이를 처리하기 위해 아랫도리를 씻어내야 했다. 엄마가 퇴근해 오기 전까지 수십 번을 씻었다. 씻고 또 씻어도 흔적이 남아 있는 것만 같았다. 심장이 터지는 것 같은 공포와 수치심, 막막함에 떨었다. 그 기억은 죽어서도 잊을 수 없을 것 같았다.

그 뒤로 그들을 만나게 될까봐 등하교 때는 뒷골목으로 도망치듯 다녔다. 다행히 이듬해 다른 지방으로 이사를 가서 조금은 나아질 수 있었다. 하지만 중학교 2학년 때부터 찾아온 정체 모를 불안과 가슴 죄임 때문에 제대로 살아갈 수가 없었다. 고등학교 시절에는 뭐하나 제대로 할 수 없는 지경이었다.

자책과 원망의 세월을 보내던 세정 씨에게 그나마 빛과 같은 존재였던 것이 지금의 남편이었다. 대학교 1학년 때 만난 복학생 남편을 그녀는 늘 졸졸 따라다녔다. 남편은 자신을 쫓아다니는 세정 씨를 더 사랑하고 아껴주었다.

남편이 졸업과 동시에 취직하면서 결혼식을 올렸다. 결혼의 안도감에 잠시 잊혔던 상처는 아이가 자라면서 독버섯처럼 되살아났다. 어린 딸은 과거를 떠올리는 단추 같은 존재였다. 그녀는 아침에 아이를 차로 등교시키고, 점심 때 반드시 자신에게 문자 메시지를 보내도록 하고, 하교시간에 맞춰 아이를 데리고 왔다.

아이는 학원에 다니지 않았다. 학원 강사가 아이를 성추행했다는 뉴스를 들은 이후, 도저히 딸을 학원에 보낼 수 없었다. 대신 집에서 여러 개의 과외를 받게 했다.

세정 씨는 여전히 열한 살의 상처 난 그날 속에 살고 있었다. 그렇다 해도, 트라우마란 존재하지 않는다. 상처를 성장의 발판으로 삼는 순간, 트라우마는 더 이상 마음에 남지 않는 것이다.

현대의 많은 심리학자는 트라우마라는 개념을 더 이상 신뢰하지 않는다. 이 말을 처음 만든 프로이트조차 말년에는 이 개념에 의심이 많았다.

금세기 최고의 심리학자로 평가되는 조지 베일런트는 트라우마가 존재하지 않음을 증명했다. 70년에 걸쳐 이루어진 장기적인 인간 발달과 성장 연구에서, 역경은 언제라도 극복될 수 있음을 밝힌 것이다.

최악의 유년, 극심한 성폭행, 살인적인 가정폭력과 학대, 지독한 양육 환경을 견뎌야 했던 아이들조차 끝내는 평균적인 사람들과 별 다르지 않거나 오히려 성숙한 삶의 지대로 이동하고 있었다. 장기적으로 트라우마는 반드시 극복된다고 베일런트는 결론 내렸다.

하지만 냉장고처럼 트라우마를 보관하는 사회가 있다. 공동체 구성원 다수가 성적 학대를 숨기는 것이 미덕이라고 믿는 한, 트라우마는 그들의 삶을 어둠으로 빨아당길 것이 분명하다. 만약 진짜 트라우마라고 부를 만한 것이 있다면, 상처를 입 밖에 내지 못하게 재갈을 물리는 우리 사회가 트라우마를 앓고 있는 것이다.

적어도 내게만은 고백했던 세정 씨는 오랫동안 자신을 괴롭혔던 자살 충동에서 조금씩 자유로워질 수 있었다. 잠자리도 점점 편안해졌다. 그녀는 그 일을 받아들였고, 아무 선택권이 없었던 자신을 면책했다. 그 상처의 고통을 증폭시키는 왜곡된 문화에 저항하는 법도 배웠다.

나는 다른 단체에서 이루어지는 집단 독서치료를 권했다. 가입까지 한참을 머뭇거리던 그녀는 그곳에서 성폭행을 당했지만 이제는 이겨내 가고 있는 동지들을 여럿 만날 수 있었다. 특히 같은 나이의 한 미혼 여성은 세정 씨와 거의 흡사한 경험으로 인해 결혼도 할 수 없었다고 했다.

읽을 책은 의견을 모아 정하는데, 세정 씨의 의견이 받아들여져 긍정심리학자 댄 베이커의 《인생 치유》가 선정되었다고 했다. 이 책에는 어릴 적 상처로 극심한 공포에 시달리는 여러 명의 사례자들이 등장한다. 세정 씨는 이미 이 책을 읽었지만, 여러 사람들과 함께 이야기해 보고 싶었다.

불과 한 달 만에 세정 씨는 그들과 깊은 유대감을 가질 수 있었다. 사실상 만나는 친구가 없어 집밖에 몰랐던 세정 씨는 거의 처음으로 독서치료 회원 몇몇과 점심을 먹으며 어울리기도 했다. 그리고 자신이 혼자가 아님을 깨달았다.

그즈음 처음으로 세정 씨의 딸은 혼자 학교에 갔다. 조마조마했지만 아이는 아무 일 없이 웃으며 집으로 돌아왔다. 그리고 그것은 하나의 시작일 뿐이었다.

Chapter

4

세상 속에서 나로 살아가기

기러기는 살기 위해 힘껏 날갯짓을 하고 하늘로 날아오른다.
자신이 누구인지 깨닫게 된 기러기는 높이 비상한다.
인생이란 낭떠러지일 때 등 뒤에 날개가 솟기도 하는 법이다.

_본문 중에서

··· 세상의 앨리스가
삶의 미로에서 출구를 찾으려면 ···

루이스 캐롤 《거울 나라의 앨리스》

이십 대가 끝난 여진 씨의 겨울은 스산했다. 기대하던 삼십 대는 이런 것이 아니었다. 누구보다 성실히 살아왔지만 돌아온 건 깊은 좌절이었다.

가난했지만 그녀는 열심히 공부해 괜찮은 대학에 들어갔고 간난신고 끝에 대기업에도 입사했다. 하지만 명문대를 나온 사람들, 이미 많은 것을 갖춘 사람들이 버티고 선 철옹성 앞에서 모멸감과 열등감에 자주 시달렸다.

사랑하는 이도 있었다. 하지만 평범한 사람이었다.

이 사람처럼 자신을 사랑해 줄 남자는 없다고 느꼈지만 그의 이상은 너무 평범했다. 그릇이 너무 작은 사람 같았다. 결혼해서 서울에 살 형편도 안 되고, 결혼은 그나마 쌓아놓은 모든 것을 내려놓아야 할 올가미일 수 있었다. 하지만 결혼하지 않기로 작정한 선배들처럼 억척스레 살 자신도 없었다.

열심히 저축하며 알뜰히 살건만 통장 잔고 역시 늘 거기서 거기였다. 경제적으로 무능력한 부모를 돌보지 않을 수 없는 처지였던 까닭이다.

어떤 날은 밤을 꼬박 새며 잠을 이루지 못했다. 이런 상황이 마치 나아갈 길 없는 미로 같았다. 인생이 실재하는 것이 아니라 환상처럼 느껴졌다.

인생은 정말 미로일까? 삶이란 단지 환상일 따름일까? 《이상한 나라의 앨리스》에 해답이 숨어 있다. 삶에서 방향을 찾지 못하겠다고 토로하는 이들을 만나면 나는 루이스 캐럴의 책을 꺼내 든다.

내담자들에게 자주 보이는 장면들은 《이상한 나라의 앨리스》보다는 《거울 나라의 앨리스》에 더 많다. 후자는 전자의 속편인데 앨리스가 등장할 뿐 서로 상관이 없다. 그러나 《거울 나라의 앨리스》역시 《이상한 나라의 앨리스》처럼 출구 없는 미로와 같은 혼돈스러운 장면들이 연달아 등장한다.

거울 나라의 특징은, 모든 게 거꾸로라는 점이다. 원인보다 결과가 먼저고, 앞과 뒤가 바뀌고, 거울에 반사해 봐야만 읽을 수 있는 책이 있다. 앨리스가 당도한 이상한 나라들은 모두가 뒤죽박죽으로 느껴진다. 앨리스는 붉은 여왕, 하얀 여왕, 험티 덤티 등 다양한 등장인물들을 만나면서 특별한 경험을 한 뒤 꿈에서 깬다.

여왕이 다시 외쳤다. "더 빨리! 더 빨리!" 이제 그들은 너무나 빨리 달려서 마침내 땅에 발을 대지 않고 공중에 살짝 떠서 날아가는 것처럼 보였다. (……) 앨리스는 깜짝 놀라며 주위를 둘러보았다. "어머나, 우리가 계속 이 나무 아래에 있었던 건가요? 모든 것이 아까와 똑같은 자리예요! 우리 나라에서는 이렇게 한참 동안 빨리 달리면 어딘가 다른 곳에 도착하게 되거든요." (……) "느림보 나라 같으니! 자, 여기에서는 보다시피 같은 자리를 지키고 있으려면 계속 달릴 수밖에 없단다. 어딘가 다른 곳에 가고 싶다면, 최소한 두 배는 빨리 뛰어야만 해!" 여왕이 말했다.

이 장면은 여진 씨에게 깊은 인상을 남겼다. 쉼 없이 달렸지만 똑같은 자리인 것이 자신의 삶과 마찬가지라고 했다. 여진 씨의 삶은 '성공'을 쫓아 달려온 삶이었다. 세상의 틀에 자기 자신을 끼워 맞추다 보니, 마치 앨리스처럼 도대체 자기가 누구인지 모르는 지경에 이르고 만 것이다.

퍼트리샤 마이어 스팩스는 《리리딩》이라는 책에서, 한 소녀가 혼돈스러운 현실을 이겨내고 자신을 조금씩 발견하는 것이 《이상한 나라의 앨리스》의 미덕이라고 말한다. 앨리스가 부당한 상황들에 대해 끊임없이 목소리를 내며 자기주장을 하고, 정체성을 확고하게 주장하면서 꿈은 끝이 난다.

《이상한 나라의 앨리스》는 한 소녀가 자신의 정체성을 찾아가는 모험담이다. 여진 씨도 이에 적극 동감했다.

여진 씨가 마음의 미로에 빠진 데는 내력이 있었다. IMF 무렵 그녀의 아버지는 경기도에서 공장을 운영하다 부도를 맞았다. 험티덤티(《거울 나라의 앨리스》에 나오는 달걀처럼 생긴 등장인물이다. 그는 벽에 앉아 있다가 아래로 떨어진다)처럼, 아버지는 추락했다.

그러면서 모든 것이 달라졌다. 강남에 있던 집이 은행에 넘어가 남양주에 있는 작은 연립주택으로 이사했다. 차마저 압류당해 시외버스를 타고 도착했던 그 집의 낯선 풍경은 기억에 선명하다. 여진 씨가 중학교에 입학할 무렵이었다.

새로운 친구, 낯선 환경, 모두가 끔찍했다. 또래에게 상냥한 척 굴었지만, 그곳은 언젠가 탈출해야 할 미로 같은 공간이었다.

아버지는 겨우 정신을 가다듬고 작은 식당을 열었다. 부모님은 밤낮을 가리지 않고 열심히 일했다. 여진 씨의 삶도 고단했다. 남들처럼 놀이공원이나 영화관에 놀러 가본 적이 없었다. 가족끼리 오붓한 시간도 갖기 어려웠다. 일류대 입학까지는 어려웠지만 여진 씨는 할 수 있는 한 이를 악물고 공부했다.

대학 입학 무렵 부모님의 식당도 괜찮아져 가게도 넓히고 조금은 여유 있는 대학생활을 보낼 수 있었다. 하지만 대학 졸업 무렵 다시 가게가 어려워지면서 유학의 꿈은 물거품이 되었다. 여진 씨는 모자란 학력을 채우기 위해 줄곧 미국에서 MBA를 따는 꿈을 꾸었다. 그러나 결국 돈을 벌기 위해 취업을 택했다.

그렇게 달리고 달려왔건만 인생이 이 모양이라고 했다. 여진 씨가 가장 모멸감을 느낄 때는, 강남의 같은 아파트에 살던 초등학교 동기들을 만날 때였다. 오랜만에 다시 만난 친구 다섯 명 가운데 뒤처진 사람은 자신뿐이었다. 돈도 없고 유학을 가본 적도 없으며 남자친구 역시 내세울 만한 사람이 아니었다. 한 달에 한 번 꼴로 만나는 초등학교 친구들 앞에서 열등감을 느끼지 않는 체하는 일은 고역이었다. 친구들과 만나면서 여진 씨의 우울증은 깊어지기 시작했다.

미로의 삶, 발견의 삶

...

나는 여진 씨에게 불교적 인생 이해를 권했다. 그녀에게 절실한 것은 인생의 의미와 가치를 깨닫는 '철학 치유(philosophical Healing)'였기 때문이다. 철학 치유는 삶의 의미와 관련된 문제를 스스로 풀 수 있도록 철학적 대화를 행하는 심리치료법이다.

여진 씨와 같은 문제를 가진 내담자들에게 최근 내가 가장 자주 권하는 자료는 법륜 스님의 법회 동영상이다. 세 번째 만남에서 여진 씨와 나는 법륜 스님의 강론 동영상, 〈결혼을 못했습니다〉 편을 보았다.

이 강론에는 쉰다섯 살이 되도록 미혼인 한 남성이 나온다. 그는 법륜 스님에게 결혼을 못해 고민이라며 해결책을 묻는다. 스님은 자신은 예순 살 먹도록 장가를 못 갔지만 전혀 고민이 안 된다며 그의 고민을 뒤엎는다. 관념을 뒤엎어 고민을 무화시키는 다분히 불교적 대화법이다.

법륜 스님은 쉰다섯 살이 되도록 결혼 못한 것을 부끄럽게 생각하지만 말고 자신처럼 자랑스럽게 생각하든지 정 안 되겠으면 머리를 깎으라고 조언한다. 결혼을 안 한 것은 좋은 것도 아니고 나쁜 것도 아니기에, 그것을 어떻게 바라보느냐가 더 중요하다는 뜻이다. 이런 관점에서 바라보면 쉰다섯까지 결혼을 안 한 것은 남들이 다 하는 것을 안 하고 버틴 승리자일 수도 있다.

여진 씨는 깔깔대며 한참을 웃다가 숙연해졌다가를 반복했다. 처음으로 그녀의 웃는 얼굴을 볼 수 있었다. 원래 그녀는 퍽 유쾌한 사람이었다.

자기 삶을 어떤 틀로 고정시켜 버리면, 그 틀에서 한 치만 벗어나도 고통을 느낀다. 하지만 삶의 상대성을 깨달으면, 어떤 지경에 놓여도 삶은 그런 대로 괜찮은 것이다.

우리에겐 저 위만 아니라 저 아래까지 볼 수 있는 상상력이 필요하다. 이런 상상력이 행복한 판타지를 만든다. 또한 위를 향한 질투와 선망보다는 아래를 향한 연민과 박애의 마음이 더 값지다. 아래를 볼 여유가 생기자 여진 씨는 자신을 존중하는 마음이 샘솟기 시작했다.

어느 날 여진 씨는 씩 웃으며 말했다.

"직장도 없고 나이 들도록 결혼 못하는 사람들도 많은데, 내가 많이 행복한 거죠?"

여진 씨는 법륜 스님 마니아가 되었다. 강론 동영상을 하루에도 몇 개씩 보고, 스님이 쓴 책들을 차근차근 읽어나갔다.

하루는 그녀가 말했다.

"나도 이젠 꿈에서 깰 시간이에요."

여진 씨는 편안해졌다. 그동안 펼쳐놓고 씨름했던 '성공의 보물 지도'가 가짜(환상)라는 사실이 판명나자, 사귄 지 3년 만에 남자친구가 그토록 조르던 해외여행을 떠났다. 돌아와서는 몹시 재미있었다며 즐거운 비명을 질렀다.

앨리스처럼 여진 씨는 정말 꿈에서 깨어난 것 같았다. 앨리스처럼 달리기를 멈추고, 앞이 아닌 뒤와 옆을 바라보며, 환상이 사라진 공평한 세상을 바라볼 수 있게 되었다.

상담 말미쯤 여진 씨가 말했다.

"까짓 거 결혼해 보죠. 나쁜 일만 있겠어요? 큰일이야 나겠어요? 하하."

여진 씨는 남자친구에게 프러포즈를 받았다며 반지를 보여주었다. 그녀는 함빡 웃으며 즐거운 내일을 상상했다.

인생은 미로지만, 인생은 또한 퍽 즐거운 일이다.

··· 지금 꿈꾸지 않는 자도 유죄다 ···

몰리 뱅 《기러기》

재윤은 열아홉 살로 고등학교 자퇴생이었다. 거의 집에서 시간을 보내고, 가끔 용돈이 생기면 친구를 만나 술을 마시거나 게임을 했다. 친구들 속에서도 말이 없는 아이였다.

재윤은 시종일관 고개를 숙이고 내가 묻는 말에도 잘 대답하지 않았다. 녀석의 호흡은 지나치게 잦아들어 있었다. 마치 심장이 멈춘 사람의 형상이었다.

하지만 그 눈빛은 내가 잘 아는 것이었다. 나는 고등학교에 진학할 무렵 꿈을 잃어버리며 우울증에 걸렸다. 무슨 괴물이 내 몸을 땅으로 끌어당기기라도 하듯 축 처져서 다녔다. 그래서 어깨 좀 펴고 다니라는 말을 시도 때도 없이 들었다.

재윤은 꼭 그때 내 눈빛을 하고 스스로를 증오하는 표현을 서슴지 않았다.

엄마는 알량한 돈 몇 만 원을 주면서 아들의 기를 끔찍할 정도로 죽였다. 고등학교라도 졸업하기를 바랐던 엄마에게 학교를 그만 둔 재윤은 천하에 몹쓸 놈이었다. 제 아비를 꼭 닮아 볼 장 다 본 놈이라고 타박하며 아이를 증오했다. 그리고 후회하고 있었다. 저렇게까지 무력한 아이를 만들었다는 사실에 몹시 자책했다.

하루는 아이가 제 방에서 하루 종일 누워 훌쩍거리는 것을 보고, 이러다 큰일 나겠다 싶어 나를 찾아왔다. 하지만 자신의 절망을 누구도 어쩌지 못하리라 여겼던 재윤은 상담 받기를 한사코 거부했다. 상담을 받지 않으면 용돈을 주지 않겠다고 엄마가 으름장을 놓아 겨우 발걸음을 떼게 했다.

말할 수 없이 감성적이고 까다로운 성격도 지금의 상황에 이르게 한 원인 가운데 하나였지만, 1차적인 원인은 부모, 특히 엄마에게 있었다.

아이에게 아무것도 바라지 않는다고 해놓고, 엄마는 이미 재윤이 자라야 할 틀을 다 짜놓고 있었다. 요즘에도 기상시간, 수면시간, 바깥에 나다니는 시간, 용돈, 스마트폰, 친구 만나는 일 등 간섭하지 않는 일이 없었다.

아이들이 꿈을 상실하는 것은 때로 억압적 상황에서 생긴다. 부모들이 조작한 꿈이나 타인들이 강요한 꿈은 청소년의 무기력이나 방향 상실을 낳는다. 부모의 꿈을 쫓아 달리던 아이는 그 꿈이 자기 것이 아니라는 사실을 깨달으면서 깊은 공허에 시달리게 된다.

나는 재윤과 함께 꿈을 다시 발견하고 생각해 보는 대화를 이어 갔다. 적성 검사도 했고 우울증 치료도 이루어졌다. 부정적 자기 이미지와 그릇된 자아 개념을 고치기 위한 대화도 해나갔다. 하지만 감성적인 재윤에게 더 절실하고 도움이 되는 것은 마음을 움직일 만한 큰 감동이었다.

날개가 솟는 순간

...

위대한 그림책 작가 몰리 뱅의 《기러기》는 희망을 고무시키는 작품이다. 표지는 아직 자신이 기러기인 줄 모르는 어린 새가 알을 깨고 나온 장면이다.

비바람 치던 어느 날 기러기 둥지에 있던 알이 굴러 떨어져 그만 비버 둥지에 내려앉는다. 알에서 깬 후 어린 기러기는 자신이 비버인 줄 알고 비버의 삶에 적응한다. 그러나 생김새나 행동이 다른 식구들과 달랐기에 가끔 슬펐다. 비버 가족과 친구들이 달래도 소용이 없었다.

다 자란 기러기는 어느 날 세상 밖으로 나가보기로 결심한다. 그러다 그만 발을 헛디뎌 낭떠러지로 떨어진다. 기러기는 살기 위해 힘껏 날갯짓을 하고 하늘로 날아오른다. 자신이 누구인지 깨닫게 된 기러기는 높이 비상한다.

인생이란 낭떠러지일 때 등 뒤에 날개가 솟기도 하는 법이다.

재윤에게도 이 그림책은 퍽 감동적으로 다가갔다. 좀처럼 감정 표현을 하지 않는 재윤이 피식 웃으며 말했다.

"얘, 나 같네요. 이상한 데 굴러와서……."

재윤은 비버 집에 굴러 온 기러기처럼 여전히 가족이 적응이 안 된다고 했다. 어릴 때는 엄마에게 학교에서 일어난 일을 재잘재잘 말하는 아이였는데, 어느 순간 말문이 닫혔다고 했다.

"뭐든 늘 하지 말라고만 하니 아무것도 할 수 없었죠, 뭐."

아버지가 실직하고 보험설계사 일을 하며 생계를 꾸리게 된 엄마는 아들을 더 다그쳤다. 재윤은 엄마가 하지 말라고 한 것 가운데 가장 힘들었던 것이 미술이었다고 했다. 내가 열여섯 살 나던 해에 스스로 그림 그리기를 중단한 반면, 재윤은 엄마가 수학학원에 강제로 등록시켜 더 이상 미술학원을 다닐 수 없게 만들었다. 엄마는 "사내자식이 그림 같은 걸 그리면 안 된다"고 했다. 초등학교 4학년 때였다. 너무나 일찍 꿈을 놓아버린 것이다.

우리가 함께 찾아낸 재윤의 꿈은 의상 디자이너였다. 처음에는 그렇게 거창하지도 않았다. 여전히 그림 그리기를 좋아하는 데다 옷에 관심이 많고 멋진 옷 입는 걸 좋아하니 나중에 옷 파는 일을 해보고 싶다는 소박한 수준이었다.

나는 롤 모델로 코코 샤넬을 소개했다. 다큐멘터리 〈세기의 여성들-코코 샤넬〉은 녀석을 송두리째 흔들어놓았다. 불행했으나 늘 꿈을 꾸었던 코코 샤넬의 슬픈 일대기는 재윤에게 제격이었다. 비극적이었지만 아름다웠던, 아름다움을 추구했지만 끝내 사랑을 얻지 못한 코코 샤넬의 전기는 재윤에게 의욕이 샘솟게 하는 아찔한 향수와도 같았다.

샤넬은 고아원이나 다름없는 수녀원 기숙학교에서 고통스런 유년을 보내야 했다. 몰리 뱅의 《기러기》처럼 샤넬에게도 세상은 자신에게 맞지 않는 옷과 같은 곳이었다. 하지만 옷 만드는 일에서는 자신의 길을 찾을 수 있었다. 패션은 그녀의 위안이었다. 그녀가 처음으로 여성들에게 바지를 입히자, 여성들은 그녀를 영웅으로 추앙하기 시작했다.

흐릿하던 재윤의 눈은 샤넬의 생애를 더듬으며 선명해졌고 반짝거렸다. 그 후에도 꿈에 대한 재윤이의 열망을 부채질할 만한 여러 가지 영화와 동화책, 이야기들을 소개했다. 의상 디자이너에 대한 구체적인 정보들을 함께 찾아보기도 했다.

하루는 재윤이 검색해 보았다며 우리나라에 있는 의상 관련 학과들을 쭉 열거했다. "이런 대학들이 어떨까요?" 나는 문제없다고 갈 대학은 얼마든지 많다고 격려했다.

어느 날은 내 책상에 치우지 않은 《기러기》가 놓여 있었다. 상담실로 들어온 재윤은 책을 슬며시 들더니 천천히 다시 읽어나갔다.

'그만 발을 헛디뎌 벼랑에서 떨어졌어요! 그리고 데굴데굴 절벽 아래 바다를 향해 굴렀어요. 몸을 바로잡으려고, 발버둥을 치다가 날개를 퍼덕거리자 기러기는 날기 시작했어요!'

"선생님. 여기 좋죠?"

나 역시 그 부분을 가장 좋아한다고 대답했다. 재윤은 나를 찾아오기 전에는 자기 삶도 한없는 낭떠러지 같았다고 했다. 하지만 이제 꿈이라는 날개가 생겼으니 잘 날 수 있을 것 같다고 했다.

어느 날은 내가 숙제로 내준 의상 디자인 스케치들을 보여줬다. 일품이었다. 비전문가인 내기 보기에도 제법 멋진 옷이었다.

그 후 재윤은 의상디자인학과 진학을 목표로 검정고시 준비부터 시작했다.

… 쓸모없는 일을 그만둘 때 희망이 보인다 …

데이빗 프랭클 〈악마는 프라다를 입는다〉

선주 씨는 부모의 강요로 적성과 맞지 않는 간호 일을 하는 우울증 내담자였다. 그녀의 우울감은 명백히 직업 탓이었다. 대인지능이 낮고, 많은 사람들 속에서 일하기를 싫어하는 그녀에게 간호사는 어울리지 않는 직업이었다.

그녀에게 맞는 일을 탐색해 보니 컴퓨터 그래픽 디자인처럼 전혀 다른 분야였다. 그러나 이미 간호대학을 졸업하고 병원 몇 군데를 전전하다 겨우 취업해서 중학교 양호교사로 일하고 있는 상태였다. 전에 비해 사람을 대할 일이 적어 다행이라고 그녀는 가슴을 쓸어내렸다.

어느 날, 조금은 처량하게 선주 씨가 물었다.

"제게 맞지 않는 이 일을 평생 하면서도 행복할 방법은 없나요? 차라리 결혼이나 할까요?"

내가 아는 한 그런 방법은 없었다. 스물다섯 살인 선주 씨는 이제 결단이 필요했다. 나로서는 용기를 주는 것 외에는 도리가 없었다.

나는 선주 씨 같은 여성 내담자들에게 영화 〈악마는 프라다를 입는다〉를 자주 권한다. 청춘의 가시밭길을 걷는 진로 탐색자들, 특히 젊은 여성에게 여러 가지 생각을 제공하는 영화이다.

이 영화는 원작 소설을 쓴 작가 로렌 와이스버거의 경험이 반영된 작품으로 알려져 있다. 세계 패션계를 뒤흔드는 거물 밑에서 겪은 생생한 체험이 영화 보는 재미를 더한다.

주인공 앤드리아는 열심히 구직 활동을 하지만 합격 통지서를 보내온 곳은 유명 패션잡지 '런웨이' 한 곳뿐이다. 게다가 원하는 기자직도 아니고 미란다 프리슬리라는 편집장의 말단 비서직이었다.

사회적으로 최고의 성공을 거둔 프리슬리는 완벽주의 성향을 가진, 대단히 까다로운 인물로 업계에서 악명이 자자하다. 영화 제목의 '악마'도 프리슬리를 두고 하는 말이다.

앤드리아는 프리슬리에게서 원하는 잡지사 취업에 필요한 추천서 한 장을 얻어내기 위해 인내의 한계를 시험하는 요구들을 묵묵히 받아낸다. 영화 초반은 앤드리아가 프리슬리에게 당하는 수많은 수모와 고난으로 채워져 있다. 아침 일찍부터 밤늦도록 프리슬리의 지시와 명령, 때로는 터무니없는 요구에 시달린다.

앤드리아는 갈등과 번민에 사로잡힌다. 단지 일이 힘들어서가 아니라, 프리슬리처럼 성공하고픈 욕망과 진정한 자신의 일을 찾고자

하는 자아 사이에서 항상 고민하기 때문이다.

영화 초반에 후줄근한 옷으로 온몸을 두른 앤드리아는 시간이 가고 또 심경이 변하면서 패셔너블한 여성으로 변해간다. 몸에 두른 옷과 본심 사이의 간극도 커져만 간다. 그녀는 '성공'을 위해 결국 프리슬리를 따라 파리의 패션쇼까지 가고, 유명 작가와 술을 마시고 잠자리를 하러 가기 전에 혼란스러워하며 말한다.

"우리 제대로 가고 있어요?"

결국 자신의 길을 깨달은 앤드리아는 파리에 프리슬리를 버려두고 떠나는 엄청난 일을 저지른다.

영화를 본 이십 대 여성 내담자들은 대개 지금의 자신과 닮은 앤드리아의 모습에 공감하면서 진정한 길을 찾고 싶다는 감상을 이야기하곤 한다.

선주 씨 역시 영화가 감동적이라고 했다. 하지만 혼란만 더하는 모양이었다. 자기 길을 걷는 앤드리아의 모습이 대단하고 부럽게 느껴지지만, 이제야 조금 안정된 직업을 재고해 보라는 나의 조언이 버거웠던 까닭이다.

그녀는 좋아하는 일을 찾는 것이 맞지만, 이미 시작한 일을 그만두기가 쉽지 않다고 말했다.

가지 않는 길

...

어느 날, 나는 선주 씨에게 눈을 감고 들으라 하고 천천히 시 한 편을 읽어주었다.

노란 숲 속에 두 갈래로 길이 있었습니다.

나는 두 길을 다 가지 못하는 것을 안타깝게 생각하면서

한참을 서서 한 길이 굽어 꺾여 내려간 데까지

바라다볼 수 있는 데까지 멀리 바라다보았습니다.

그리고, 똑같이 아름다운 다른 길을 택했습니다.

그 길에는 풀이 무성하고 사람이 걸은 자취가 적어

아마 더 걸어야 될 길이라고 나는 생각했었던 게지요.

그 길을 걷다 보면 그 길도 거의 같아질 것이지만

그날 아침 두 길에는 낙엽을 밟은 자취는 없었습니다.

아, 나는 다음 날을 위하여 한 길은 남겨두었습니다.

길이란 이어져 있어 끝없으므로

다시 돌아올 수 없을 거라 여기면서요.

훗날에 나는 어디선가 한숨을 쉬면서 이야기할 것입니다.

숲 속에 두 갈래 길이 있었고

나는 사람이 적게 간 길을 택하였다고,

그리고 그것이 모든 것을 바꿔놓았다고.

미국의 시인 로버트 프로스트의 〈가지 않은 길〉이다. 그가 실의에 빠져 있던 이십 대 중반에 쓴 시로, 당시 변변한 직업도 없고 문단에서도 인정받지 못했던 시기에 자신의 인생을 돌아보며 썼다고 전해진다.

선주 씨는 이 시를 감상하며 인생의 기로에 서서 고민하는, 자신이 아는 많은 사람들을 떠올렸다. 아주 친한 친구 역시 전공을 바꿔 다시 대학에 갈 준비를 하고 있다고 했다.

나는 사람들이 왜 자신 앞에 놓인 길들을 두고 고민하는지 알려 주었다. 이 세상 모든 길을 걸을 수는 없는 노릇이다. 그래서 후회가 적을 길이 무엇인지 고민해야 한다. 삶이 단 한 번뿐이기 때문이다.

나는 선주 씨에게 일에서 오는 뿌듯함이 없다면, 인생이 얼마나 심심하고 암담할지도 생각해 보라고 했다. 아직 일을 하며 뿌듯해 본 적이 없는 선주 씨로서는 이해하기 어려운 일이었다. 나는 매일매일 그 뿌듯함을 느낄 때 채워지는 인생의 가치는 평생 싫은 일을 하며 벌 돈의 몇 백 배는 될 것이라고 조언했다.

한 인간이 진정으로 행복하기 위해서는 소명의식, 일에서 오는 뿌듯함을 느껴야 한다. 하지만 한국인의 직업에 대해 조사해 보면, 지금 하는 일과 자신이 맞지 않다고 말하는 사람이 태반이다. 다른 직업을 선택하고 싶다고 하는 사람 역시 절반을 상회한다. 직장우울증을 겪는 이의 수도 어마어마하다. 직업에 대한 위기감도 예사로운 수준이 아니다. 선주 씨만의 문제가 아니었다.

시를 읽어주고 몇 주 뒤, 선주 씨는 엄마에게 맞아 죽을 각오를 하고 디자인 학원에 등록했다. 그녀는 디자인을 배우는 것이 이렇게 즐거울 줄 몰랐다고 했다. 아직 사표는 쓰지 않았지만, 그녀는 조금씩 자기 앞에 놓은 안개를 걷어내려고 발돋움하고 있다.

… 파랑새는 이미 당신 안에 있다 …

모리스 메테를링크 《파랑새》

선영 씨는 지방대를 나와 학원 강사를 하는 미혼 여성이다. 그녀는 자신의 게으름 탓에 인생을 망쳤다고 여겼다. 자책은 그녀의 버릇이었다. 그녀는 파랑새증후군(Bluebird syndrome)을 겪고 있었다. 지금 하는 일에 전혀 마음을 못 붙이고 끝없이 파랑새를 쫓았다.

서른이 가까운 나이에도 선영 씨의 꿈은, 명문대 진학이었다. 그녀에게는 자신에게 맞는 전공이나 직업에 대한 개념이 없었다. 딱히 정해진 과가 있는 것도 아니고 오로지 명문대에 들어가는 것이 목표였다. 하지만 그것은 허위의 꿈이었다. 진실한 자신의 꿈과는 거리가 멀어도 한참 멀었다.

고등학교 시절 아무리 해도 그녀의 수학 점수는 오르지 않았다. 영어나 국어 성적은 상위권이었지만, 싫어하는 수학 점수는 항상 바닥이었다. 중학교까지 우등생이던 자신에게서 부모가 등을 돌리게 된 결정적 이유도 그 때문이라고 믿었다. 여태까지도 수학에서 한심한 점수를 받아오는 딸에게 과외비가 아깝다고 핀잔을 주던 엄마의 목소리가 귓전을 울리고 있었다. 모두 자기 탓이라고 했다.

선영 씨는 명문대 진학을 결정적으로 가로막는 수학 점수에 온통 번민이 몰려 있었다. 가끔은 고등학교 시절 보던 두툼한 수학 문제집을 다시 꺼내 뒤적거리기도 했다. 대개는 고통만 더 느끼며 책을 덮었다.

과거에 대한 후회, 현재의 삶에 대한 회의가 깊어지면서 선영 씨에게는 극단의 우울증이 찾아왔다. 하루는 과거의 상처를 되짚다가 마음을 진정하지 못했다. 나는 책장에 꽂혀 있던 책 한 권을 뽑아주었다.

《파랑새》는 노벨 문학상을 받은 벨기에 출신의 극작가 모리스 메테를링크의 작품이다. 1908년 세계적인 연출가 스타니슬랍스키가 이 작품을 초연한 이래 전 세계인의 사랑을 받아왔다.

주인공은 나무꾼 아버지를 둔 틸틸과 미틸(치르치르와 미치르는 일본식 표기이다) 남매이다. 크리스마스이브에 요술쟁이 할머니가 찾아와 두 아이에게 병을 앓는 자기 딸을 위해 파랑새를 찾아달라는 부탁을 한다. 할머니는 환상의 세계로 인도하는 마법의 다이아몬드를 건넨다. 두 남매는 여러 요정을 데리고 파랑새를 찾아 나선다.

환상의 세계에서 남매는 여러 일을 겪는다. '추억의 나라'에서는 죽은 할아버지와 할머니, 동생을 만난다. '밤의 궁정'에서는 밤의 여왕을 만나고 병과 두려움, 비밀, 전쟁의 참모습을 알게 된다. 그리고 밤의 숲에서 남매는 나무와 동물의 정령들과 싸움을 벌인다. 묘지에서는 죽음이 부르는 생의 찬미를 듣는다.

행복의 나라에 도착한 틸틸과 미틸은 건강의 행복, 어머니의 사랑 같은 여러 행복을 만나 이야기를 나누고, 그들에게 파랑새에 대해 묻지만 웃음거리가 되고 만다. '미래'의 나라로 간 남매는 아직 태어나지 않은 아이들과 만나 세상의 미래에 대해 듣는다. 하지만 그곳에서도 파랑새는 찾지 못한다.

이윽고 크리스마스 날 아침, 둘은 잠에서 깬다. 그리고 자신이 가진 것들에 대해 감사한 마음을 갖는다.

그때 자신들의 새장에서 키우던 비둘기를 보니 신기하게도 그 비둘기가 파랗게 보인다.

오누이는 아래층으로 내려와, 오두막집이 그대로인 걸 기뻐하며 춤을 추며 돌아다녔습니다. 갑자기 미틸이 새장을 가리키며 소리쳤어요.

"와! 새파랗다! 어젯밤보다 더 파랗게 됐어."

틸틸도 소리쳤어요.

"우리가 찾아다녔던 파랑새야. 파랑새는 내내 여기 있었던 거야."

그리고 할머니의 병든 딸에게 비둘기를 보여주니 할머니의 딸은 씻은 듯이 병이 나았다.

동화의 결론처럼, 나는 파랑새는 이미 선영 씨 안에 있다고 했다.

미루었던 파랑새 찾기

...

선영 씨처럼 미래의 불투명함에 괴로워하는 이를 만나면 으레 몇 가지 검사를 한다. 하워드 가드너가 고안한 다중지능 검사와 존 홀랜드가 고안한 홀랜드 검사, 그리고 직업과 성격의 연계성을 알아보는 MBTI(마이어-브릭스 성격 유형 지표) 검사이다.

검사를 해보면 대개 그 사람에게 적합한 일이 정체를 드러낸다. 그 결과는 그동안 꿈꿔왔던 일일 때도 있지만 그 일 자체에 대해 생소한 경우도 비일비재하다. 검사를 종합해 보니 그녀의 길은 지금과는 아주 다른 곳에 있었다.

"원래 심리학 공부를 하고 싶지 않았나요?"

"늘 심리학 책 읽는 걸 좋아하긴 했어요. 하지만 취미였어요."

"심리학을 전공했다면 좋았을 걸요."

"맞아요. 경영학과도 엄마의 강요 때문에 갔어요."

"지금이라도 심리학 공부를 하세요. 더 늦기 전에 진지하게 고민해 보면 어떨까요?"

그녀가 내게 바랐던 것은 자신의 숨은 소망을, '바라지만 바랄 수 없었던' 꿈을 확신에 찬 목소리로 단언해 주는 일이 아니었을까.

선영 씨와 같은 내담자들을 만나면 나는 도서관에 가기를 권한다. 만약 적성이 요리에 있다고 판단되면, 한 달간 도서관에서 요리사에 대한 책들을 쭉 읽어보고 오라고 조언한다.

사실 이런 과정은 초등학교 때 이루어져야 했을 일이다. 선진국이 선진국인 진짜 이유는 초등학교 수업의 절반이 이런 탐색으로 채워지기 때문이다. 그러니 재능의 낭비가 덜하다.

내가 좋아하는 교육학자 켄 로빈슨 박사는 TED 강의, 〈교육혁명을 가져오라〉에서 잘못 형성된 현대적 교육이 재능의 낭비를 일으킨다고 주장한다. 한국인의 지나친 교육 경쟁이나 대학 서열주의는 그가 보기에 아이들의 아까운 재능을 내팽개치는 매우 어리석은 현상이다. 우리 사회는 여전히 수십 년간 자신의 재능을 낭비해 온 사람들로 넘쳐난다.

선영 씨에게 몇 달에 걸친 상담은 숱한 자기 편견과의 싸움이기도 했다. 나는 그녀가 결코 못난 사람이 아니며, 불운하게도 장점을 인정받지 못한 채 살았을 뿐임을 거듭 설명했다. 검사에서 그녀가 동그라미표를 한 수십 개의 문항들은 그녀의 강점이자 재능이며 특성이었다. 나는 상담 때마다 이를 상기시켰다.

선영 씨는 조심스레 자기 긍정의 표현을 내놓기 시작했다. 이제 자신의 강점을 제대로 알았으니, 그 강점이 꽃필 수 있는 길로 나서면 될 것이었다.

상담하는 가운데 선영 씨는 미술치료사라는 직업을 새로 알게 되

었다. 그림 그리기를 좋아하는 그녀에게 미술치료사는 그림과 상담 심리 두 가지 소망을 동시에 충족시킬 수 있는 멋진 일이었다.

선영 씨와 퍽 오랫동안 미술치료에 대해 이야기했다. 미술치료사는 그녀의 벅찬 희망이 되었다. 그녀는 의욕적인 모습을 보였고, 지금의 힘겨운 우울증이 훗날 미술치료사가 되었을 때 훌륭한 자산으로 변할 것임을 믿게 되었다.

새로운 미래가 생기자 그녀의 우울증은 크게 호전되었다.

··· 이런저런 세상의 기준에 흔들리지 않으려면 ···

프레데릭 백 〈나무를 심은 사람〉

미주는 백화점 명품 매장에서 일했다. 몹시 원하던 직장이었다. 하지만 비정규직인 그녀의 월급은 150만 원 남짓이었다. 그 돈으로는 백화점에 즐비한, 그녀가 갖고 싶어 하는 명품 어느 것도 함부로 살 수 없었다.

어느 날 미주는 평소 눈에 넣어두었던 프라다 가방이 70만 원에 세일할 때 부리나케 구입했다. 아직 학자금 대출도 갚지 못한 처지에 어울리지 않는 지출이었다.

그날 새로 산 가방을 어깨에 걸치고 퇴근할 때 미주는 뿌듯했다. 사회의 핵심 일원이 된 듯한 안도감을 느꼈다.

10년 전 우연한 계기로 알게 되어 가끔 만나던 미주는 막내삼촌 같은 내게 고민을 자주 털어놓았다. 좀처럼 그녀에게 싫은 소리를 안 하던 내가 그날은 꽤 쓴소리를 했다. 그렇게 화를 낼 일은 아니었다. 다른 여자들도 명품 가방 하나쯤은 다들 메고 다녔기 때문이다.

나는 그 가방을 메고 있으니 예전의 씩씩하던 미주 같아 보이지 않는다고, 가방만 보인다고 했다. '나는 정미주이다'가 아니라 '나는 프라다이다'라고 말하고 있는 듯하다고 쏘아붙였다.

미주는 급기야 눈물을 쏟았다. 지금 생각해 보면 나 역시 얼굴이 화끈거리는 미련한 말들이었다. 나는 왜 그렇게 흥분했을까?

IMF와 함께 아버지의 구두 공장이 망하며 미주 집은 빚 독촉에 시달리는 입장이 되었다. 고교 졸업 때 선물받은 정장 한 벌을 대학은 물론 직장에서도 교복처럼 입고 다니는 미주에게 명품 가방은 선망의 대상이었다.

가세가 기울어 변두리로 내몰린 미주는 자신이 아웃사이더 같다는 느낌을 지울 수 없었다. 본인 딴에는 웃기려 이야기했던, 빚쟁이를 피해 남자친구 아버지의 용달차를 타고 도망친 무용담은 비극적이었다.

명품은 마치 전쟁터에 나가는 전사의 갑옷처럼 그녀를 보호하는 안전장치와 같았을지도 모른다.

"제겐 명품 가방 하나 더 살 여력이 없어요. 하지만 저도 다른 애들처럼 메고 다닐 가방 하나가 꼭 필요했어요."

미주의 항변이었다.

물론 나는 명품 가방이 결코 소외감에서 벗어나게 해줄 수 없음을 미주가 이해하기 바랐다. 세상에 대한 그녀의 저항 아닌 저항이 안타까웠는지도 모른다.

　이후 미주와 나는 연락이 끊겼다.

흔들리지 않고 홀로 묵묵히

...

장 지오노 원작에, 프레데릭 백 감독이 손수 수만 장의 그림을 그려 만든 애니메이션 〈나무를 심은 사람〉에는 숲을 가꾸며 고독하게 살아가는 한 노인이 등장한다. 노인은 황무지나 다름 없는 민둥산에 매일 백 알씩 도토리를 심어간다.

　〈나무를 심은 사람〉은 젊은 날 이 노인을 우연히 알게 된 한 남자의 내레이션으로 채워진다. 세월이 흘러 화자는 다시 노인을 찾고, 무성해진 참나무 숲에 거듭 감탄한다. 그리고 시간이 더 흘러 숲은 수많은 사람을 먹여 살리는 아름답고 풍요로운 공간이 된다.

　노인은 아내와 아들이 사망한 후 외톨이로 살아가지만 이는 은둔이라고 할 수 없다. 고통스러운 운명 앞에서 도피한 것이 아니라 자신의 소명을 깨닫고 그 소명에 성심을 다했기 때문이다. 노인은 운명을 사랑하며 자신의 일에 몰입했다.

　이 작품의 중심을 꽉 채우는 이미지는 노인이 척박한 땅에 묵묵히 도토리를 심는 장면이다. 그 모습은 마치 사막을 건너는 낙타처럼 견고하면서 태연하다.

　노인은 어떻게 그토록 위대한 사업을 이어갈 수 있었을까? 어떻게 그토록 자신의 소명에 충실할 수 있었을까?

　나는 미주 또래의 내담자들을 만나면 예외 없이 〈나무를 심은 사람〉을 권한다. 물론 이 작품의 풍부한 치유적 힘 때문이지만, 언젠가 미주를 다시 만날 날이 온다면 그날의 내 말을 사과하고 진심을 전하기 위한 준비였을지도 모른다.

　언젠가 미주가 준 조그만 선물이 있다. 꼭 필요한 물건일 것 같다며 사준 면도기와 면도거품이었다. 수염을 잘 깎지 않고 다니던 그때, 나는 내면의 흔들림만큼이나 외모에 신경 쓸 겨를이 없었다.

　면도기는 잘 썼고 수명이 다해 버렸지만, 쓰지 않은 면도거품이 얼마 전 묵은 짐 속에서 나왔다. 나는 한 번 더 미주를 떠올렸다.

　어쩌면 미주에게 했던 그날의 말은 군중 속에 한없이 흔들리며 서 있던 나 자신에게 퍼붓는 질타였는지 모른다.

　도시에 나서면 사람들은 심상한 표정을 하고 무리를 이루고 있다. 하지만 그들은 대개 서로 생전 본 적 없는 사람들이다. 경쟁과 빠른 사회 변화로 사회적 유대감이 급격히 쇠퇴된 우리 사회에서, 서로 웃고 있어도 웃는 것이 아닌 상황은 적잖은 고통일 수밖에 없다.

　유대감은 사라지나 타인의 시선에 종속된 삶이 심화되는 것이 지금의 사회상이다. 대중에게서 멀어져서는 안 된다는 불안감이 개인을 사로잡고, 그 불안을 떨치기 위해 사람들은 더 대중 속으로 파고

든다.

　이제 단단해져 세상의 요동침에 그리 흔들리지 않게 된 나는 그 시절의 미주에게 이런 이야기를 들려주고 싶다. 인간은 작고 미약한 존재지만, 자신의 소명을 자각하게 될 때 세상 어떤 존재보다 견고한 걸음걸이가 가능해진다. 바람이 와서 밀치고 사람들이 와서 길을 방해해도 자기 길을 놓치지 않을 수 있다. 누가 너의 길이 이쪽이니 오라고 유혹해도 주저 없이 내 길을 갈 수 있다.

　남들의 길이 아니라 나의 길을 걸어야 한다. 어차피 한 번뿐인 인생 아닌가.

　얼마 전 지인으로부터 미주의 근황을 전해 들었다. 그녀는 결혼을 해 두 아이를 낳고 작은 회사에 다니며 산다고 했다. 나는 다시한 번 그날의 내 충고가 주제넘었음을 알았다. 미주는 애초 잘 살 아이였다.

… 까다로움은 특별한 능력이다 …

일레인 N. 아론 《타인보다 더 민감한 당신》

은정 씨는 예민한 사람이었다. 특히 시각적 예민함이 매우 뛰어나 어릴 적 꿈도 화가였다. 하지만 꿈을 이루지 못했다. 그 좌절감은 나이 서른이 넘도록 그녀를 부여잡고 있는 고민의 끈이었다.

그녀는 적성과 상관없는 실업계 고등학교에 진학했고 형편상 대학도 갈 수 없었다. 그 하나하나는 그녀가 마음 깊이 곱씹는 개인적 비극들이었다. 인테리어 업을 하는 남편을 만난 건 그나마 다행이었다. 남편을 도와 하는 인테리어 일은 적성과 조금은 맞아 그리 힘들지는 않았다.

은정 씨의 가장 큰 고민은 타인의 말이나 사소한 일에 깊이 반응하는 자신의 성격이었다. 어릴 적, 친구한테 싫은 소리를 들은 날은 모든 잘못이 자신에게 있을 거라는 비관적인 생각에 밤새 흐느껴 울었다. 눈물은 그녀의 전매 특허였다.

고교 시절 하루는 가장 친한 친구에게 "너랑은 더는 같이 못 다니겠다"라는 말을 들었다. 까다롭게 구는 그녀에 대한 진담 반 농담 반의 이야기였다. 다음날 은정 씨는 그 친구에게 저주의 말을 퍼붓고 절교하고 말았다. "더는 같이 못 다니겠다"는 친구의 말이 귓전에서 떠나지 않았기 때문이다. 그 말이 심장을 후벼 파고 가슴을 쥐어뜯게 했다.

그녀는 그 후 고등학교 시절을 외톨이로 지내야 했다. 그 기억은 사람들에 대해 두렵고도 조심스러운 지금의 태도를 만든 결정적 사건이었다.

은정 씨는 형제가 많았다. 바쁘고 평범했던 부모는 그녀에게 관심을 갖지 않거나 그 기질을 비난했다. "계집애, 또 까탈 부리네"는 부모나 형제에게 늘 듣던 말이었다. 그녀는 그렇지 않은 체하려고 무던히 애를 썼다. 불편해하는 모습을 보이지 않으려고 이를 악물었다. 하지만 결정적인 순간 매번 싫음을 참을 수 없어 성질을 부리고 말았다.

청각마저 예민한 그녀에게 항상 TV소리가 웅웅거리고 부산스러운 집은 견디기 힘든 공간이었다. 단 한 번만이라도 아무도 없는 곳에서 혼자 조용히 지내고 싶었던 그녀의 소망은 결혼을 하고서도 이루어질 수 없었다.

바로 아이를 가진 것이다. 채 세 살이 안 된 아이는 그녀를 닮아 몹시 예민하다. 아이는 불편함과 싫음을 시도 때도 없이 울음으로 호소한다. 참고 참아보지만 어떤 때는 아이의 울음소리에 정신을 잃는다. 그녀는 아이에게 입에 담을 수 없는 분노의 말을 쏟아내곤 했다.

그 분노는 실은 자신에 대한 것이었다. 아이의 까다로움은 그녀에게 고통스러운 사실이다. 자신이 겪었던, 성격으로 인한 고난이 아이에게도 되살아날까봐 두렵고 괴롭다. 까다로운 성격은 그녀 인생에서 재앙이었다.

하지만 까다로움, 아니 섬세함은 불행이 아니라 축복이다. 인간의 섬세함은 진화의 값진 성과이다. 좀 거친 표현이긴 해도, 예민하지 못한 인간은 아직 진화 단계에 머물러 있는 것이다. 인간의 문화와 번영을 이끈 것은 이 예민한 감수성과 감각이다.

전체 인구의 15~20퍼센트가 까다롭고 예민한 기질을 가지고 태어난다. 하버드 대학교 발달심리학자인 제롬 케이건은 이를 위험 회피 성향이 높고 자극에 더 민감하게 반응하는 '고반응성(High-Reactive Temperaments)'이라고 지칭한다.

나 역시 까다로운 사람이다. 살면서 "너는 왜 그리 까다롭니?"라는 말을 자주 들었다. 어떤 때는 이것이 마음의 상처가 되었다. 낯선 음식을 안 먹겠다고 손사래를 치거나 "그건 이래서 싫어"라고 하면 상대에게서 곱지 않은 대꾸가 돌아왔다. 그런데 그들의 반응이 또 마음에 쓰였다.

섬세한 사람은 마음을 다치기가 쉽다. 그래서 내담자들 가운데

다수가 섬세한 기질과 성격을 가진 이들이다.

헤밍웨이 역시 섬세하고 예민한 인물이었다. 투우를 즐기고, 전쟁에 자원하고, 커다란 청새치를 잡는 거친 바다낚시를 서슴지 않았지만, 최근 그가 평생 성정체성 혼란에 힘들어 했다는 사실이 알려졌다. 여성적 예민함은 그에게 늘 고통의 고리였다. 우울증과 그로 인한 자살은 섬세한 내면을 보호하지 않고 거친 삶에 자기를 내맡긴 결과였다.

헤밍웨이처럼 은정 씨도 사는 내내 예민한 기질을 보호받지 못했다. 이들은 감각이 흐릿한 이들의 등살에 못 이겨 가면 뒤로 숨거나, 자신이 유별나지 않다며 헤밍웨이처럼 허세를 부리며 살아야 한다. 그것은 고통일 뿐 아니라 재능의 낭비일 수 있다.

오히려 자신의 예민함을 적극적으로 개진하고 표현하며 살아가야 하는 것이다.

예민함은 축복이다

...

'민감성'에 관한 세계적인 권위자 일레인 N. 아론이 이를 끈질기게 파고든 것은, 그것이 자신의 중대한 문제였던 까닭이다. 그녀는 대학원 시절 내내 작은 일에도 몹시 울어 연구를 진행할 수 없을 정도였다고 한다.

아론은 자신의 불행이 반복되지 않도록, 민감한 아이들의 양육에 대해 조언을 아끼지 않는다. 부모는 아이에게 그 민감함이 재앙이라고 여기게 할 수도 있고, 남다른 재능과 개성이라고 느끼게 할 수도 있다.

만약 당신의 아이가 민감하다면, 당신이 해야 할 일도 분명해진다.

찰스는 내가 면담했던 사람들 중에서 드물게 평생 동안 자신이 민감하다는 사실을 장점으로 생각해 온 사람이었다. (……) 찰스의 부모는 그의 민감성을 칭찬해 주었다. (……) 그의 부모와 친구들 사이에서는 민감하다는 의미가 특별한 지능, 훌륭한 가정교육, 섬세한 취향과 연결되어 있었다. 부모는 아이들과 어울리는 대신 공부만 하는 찰스를 불안해하지 않고 오히려 책을 더 읽게 했다. (……) 그 결과 명문 고등학교를 졸업하고 아이비리그 대학을 다녔으며, 교수가 되어서는 언제나 낯선 사람들 사이에서 당당했다.

부모라면 아이가 이런 마음을 먹도록 키워야 한다. 성인이라면 자신에게 긍지를 가져야 한다. 아론은 민감한 이들에게 위축되지 말라고 용기를 북돋는다.

"전사들이 우리가 자신들보다 열등하다고 하는 말은 모두 무시해야 한다. 전사들이 나름대로 가치 있는 용감한 스타일을 갖고 있듯이, 우리 역시 각자 스타일이 있으며 사회에 중요한 기여를 하고 있다."

아론의 연구에 따르면 민감한 사람은 사람이 많은 곳에 가면 불편해 하고, 혼자만의 시간이 필요하며, 다른 이가 알지 못하는 소리나 냄새에 반응하고, 감수성이 풍부하며, 직관적이다.
다음은 아론이 만든 질문지이다.

민감성 자가 진단 테스트

□ 나는 주위에 있는 미묘한 것들을 인식하는 것 같다.

□ 다른 사람들의 기분에 영향을 받는다.

□ 통증에 매우 민감하다.

□ 바쁘게 보낸 날은 침대나 어두운 방 또는 혼자 있을 수 있는 장소로 숨어 들어가 자극을 진정시켜야 한다.

□ 카페인에 특히 민감하다.

□ 밝은 빛, 강한 냄새, 거친 천, 또는 가까이에서 들리는 사이렌 소리 같은 것들에 의해 쉽게 피곤해진다.

□ 풍요롭고 복잡한 내면세계를 갖고 있다.

□ 큰 소리에 불편해진다.

□ 미술이나 음악에 깊은 감동을 받는다.

□ 양심적이다.

□ 깜짝깜짝 놀란다.

□ 짧은 시간 내에 많은 일을 해야 할 때 당황한다.

□ 사람들이 불편해할 때 어떻게 하면 좀 더 편안하게 해줄 수 있는지 안다.

□ 사람들이 한 번에 너무 많은 것을 요구하면 짜증이 난다.

□ 실수를 저지르거나 뭔가 잊어버리지 않으려고 노력한다.

□ 폭력적인 영화와 텔레비전 장면을 애써 피한다.

□ 주변에서 많은 일들이 일어나고 있을 때 긴장을 한다.

□ 배가 아주 고프면 강한 내부 반응이 일어나면서 주의 집중이 안 되고 기분 또한 저하된다.

□ 생활의 변화에 의해 동요된다.

□ 섬세하고 미묘한 향기, 맛, 소리, 예술 작품을 감상하고 즐긴다.

□ 내 생활을 정돈해서 소란스럽거나 당황하게 되는 상황을 피하는 것을 우선으로 한다.

□ 경쟁을 해야 한다거나 무슨 일을 할 때 누가 지켜보고 있으면 불안하거나 소심해져서 평소보다도 훨씬 못한다.

□ 어렸을 때 부모님과 선생님들로부터 민감하거나 숫기가 없다는 말을 들었다.

이 가운데 12개 이상이 해당된다면 매우 민감한 사람임에 틀림없다. 실은 2~3가지만 해당되더라도 당신은 예민한 기질의 소유자일 수 있다.

은정 씨에게 중요한 것은 자신의 기질에 대한 확실하고 긍정적인 이해였다. 그녀는 아론의 책들을 형광펜으로 줄을 그어가며 몇 번이고 읽었다. 아론의 다른 책《섬세한 사람에게 해주는 상담실 안이야기》는 그녀에게 큰 해방감을 전했다.

"섬세함을 숨기기 위해 애써 위험을 감수하려 하고, 남들에게 과시적인 삶을 사는 것은 아닌지? 아니면 사회에서 화려하게 보이는 사람들을 끊임없이 선망해 그들을 흉내 내고 있는 것은 아닌지?"라고 자문하게 만드는 대목은 그녀에게 커다란 내적 성찰을 이끌었다.

은정 씨는 자신을 이해하게 되었다. 더 나아가 자신을 긍정하도록 나는 여러 가지 숙제를 내줬다. 그 가운데는 '자기 서사 일기'도 있었다. 생각날 때마다 과거의 일들을 적고, 그것을 반성하고 재구성해 보는 것이다.

섬세한 사람들은 다른 사람보다 조금은 긴 시간을 살아간다. 동일한 시간에 느끼는 양이 몇 배 많기 때문이다. 그녀의 자기 서사 역시 길고 다채로웠다. 유년의 기억들은 일견 우울하고 비극적이었다. 나는 재구성을 요구했다.

가령 "그때 나는 외톨이였다"라는 구절을 "고독을 즐기며, 좀 더 많은 생각을 할 수 있었다"라고 적도록 했다. 하루는 그녀가 "그 시절 나는 많은 그림을 그렸고, 그 그림들은 내게 소중한 보물이다"라고 적어왔다. 그리고 끝내는 진심으로 "섬세한 성향은 불행이 아니라 축복이다"라고 적을 수 있게 되었다.

세상의 다수는 둔감한 이들이다. 하지만 몇 가지 감각이 열려 있으며 그리하여 민감한 본성을 가지게 된 까닭으로 다른 사람과는 조금 다른 세상을 사는 이들 또한 상당수 존재한다. 이런 특성은 남들과 달라 열등한 것이 아니라 인생을 깊이 바라볼 수 있는 뜻밖의 잠재력이다.

그들은 대개 창의적이고, 감성적이며, 예술적 소질을 보유하고 있으며 그것이 작품으로 표현될 때 우리는 환호하고 열광한다.

그림 보는 눈이 날카로운 내게 은정 씨가 그린 그림은 예사롭지 않았다. 남다른 재능이 엿보였다. 나는 미술을 해볼 것을 제안했다. 아마추어 동호회는 얼마든지 있으니 겁내지 말고 도전하라고. 지금 서른 살이니 쉰 살이 넘으면 개인전을 열 목표를 세우고 그림을 그려보자고 했다.

처음엔 손사래를 쳤지만 자기 긍정이 가능해지면서 은정 씨 역시 수긍했다.

아직 어린 딸을 두고 그림을 배우러 다니기가 쉽지 않지만, 유화 강습을 받고 집에서도 그려보겠다고 했다.

아내가 점점 나아지는 모습이 반가웠는지, 고맙게도 남편이 구입해 주었다. 난생 처음 가져보는 유화 재료에 그녀는 퍽 고무되었다.

내년에 아이가 어린이집에 다니면 본격적으로 그려보겠다는 포부도 당당히 밝혔다.

어느 날 그녀가 어디선가 조그만 개인전을 열 수 있기를 고대해 본다.

Chapter
5

사랑도 연습이 필요하다

낭만적인 사랑이 식기는 순간이다. 실은 그 다음이 문제다.
사랑은 한순간의 열정이 아니라 배워서 익혀야 하는 삶의 기술이다.

_본문 중에서

… 그렇더라도 사랑을 찾는 노력은
포기하지 말아야 한다 …

존 라이트 〈오만과 편견〉

민아 씨는 스물아홉 살로 직장을 그만두고 신부수업 중이었다. 반 년 전 아는 어른의 소개로 만난 남자와 결혼을 앞두고 있었다. 남자 는 괜찮은 외모에 집안도 좋고 좋은 대학을 나왔으며 직장도 안정 된 사람이었다. 겉으로는 아무 문제가 없었다.

그런데 그를 만날 때마다 민아 씨는 불편했다. 잘 모르는 사람과 결혼한다는 것이 예민한 그녀에게는 여간 내키지 않는 일이 아니었 다. 실은 이런 감정이 사랑이 아님을 잘 알고 있었다.

민아 씨에게는 3년 전에 헤어진, 8년을 사귄 남자친구가 있었다. 고등학교 시절 동아리에서 만난 그 친구와 이십 대를 같이 보냈다. 그는 과 동기들과 MT를 갈 때도 마중해 주고 MT 장소까지 찾아 와 집에 바래다주던 자상한 남자였다.

키도 작고 집안도 넉넉지 않은 데다 직업마저 자랑할 만한 것이 못되던 남자친구는 자격지심이 깊었다. 민아 씨를 쫓아다니던 회사 동료 때문에 벌어진 사소한 오해로 남자친구와 석연치 않은 이별을 하고 말았다.

지금 만나는 남자에겐 미안하지만, 그가 외롭게 할 때마다 예전 남자친구가 떠올랐다. 하지만 다 갖춘 이 남자를 놓치면 큰 후회를 하게 될까봐 내내 사랑과 현실을 저울질하고 있었다.

나는 김소운 선생의 수필 〈가난한 날의 행복〉을 읽게 했다.

어느 날 아침, 쌀이 떨어져서 아내는 아침을 굶고 출근을 했다.

"어떻게든지 변통을 해서 점심을 지어놓을 테니, 그때까지만 참으오."

출근하는 아내에게 남편은 이렇게 말했다. 마침내 점심시간이 되어서 아내가 집에 돌아와 보니, 남편은 보이지 않고, 방안에는 신문지로 덮인 밥상이 놓여 있었다. 아내는 조용히 신문지를 걷었다.

따뜻한 밥 한 그릇과 간장 한 종지…….

쌀은 어떻게 구했지만, 찬까지는 마련할 수 없었던 모양이다. 아내는 수저를 들려고 하다가 문득 상 위에 놓인 쪽지를 보았다.

"왕후의 밥, 걸인의 찬…… 이걸로 우선 시장기만 속여두오."

낯익은 남편의 글씨였다. 순간, 아내는 눈물이 핑 돌았다.

민아 씨는 오래도록 생각에 잠겼다.

사랑이 아닌 사람을 선택하지 않는 용기

...

나는 사랑에 대한 해결되지 않는 의문을 지닌 내담자들에게 제인 오스틴을 권한다. 제인 오스틴이 살던 때는 격동의 시기였다. 시대의 아픔을 이야기하지 않은 채 결혼이나 사랑, 개인의 이상과 감정에 몰두했던 그녀의 작품에 비난이 쏟아진 적도 있었다.

하지만 21세기에도 그녀의 작품이 빛나는 것은 삶의 보편적이면서 중대한 문제를 소설로 통찰하기 때문이다.

원작만한 영화는 없다고들 하지만, 키이라 나이틀리가 주연한 〈오만과 편견〉은 나름의 향기를 갖고 있다.

엘리자베스는 베넷 가의 다섯 자매 가운데 둘째로, 영민하고 자기주장이 강한 여성이다. 어느 날 부자인 빙리가 친구 다아시와 함께 이사를 온다. 사람들은 다아시의 차갑고 오만한 인상 때문에 그에게 편견을 갖는다. 엘리자베스 역시 다아시에 대해 좋지 않은 감정을 품는다.

엘리자베스는 언니 제인과 빙리 사이에 사랑이 싹트는 것을 알고 둘을 이어주기 위해 애쓴다. 이때 다아시의 마음은 엘리자베스에게로 향한다.

엘리자베스의 절친한 친구 샬롯은 엘리자베스가 청혼을 거절했던 한 남자와 결혼한다. 그 남자는 결혼을 위한 여자를 찾는 남자였다. 엘리자베스는 경제적 안정을 쫓은 샬롯에게 상처가 되는 말을 하고, 이를 사과하기 위해 샬롯의 신혼집에 들렀다가 다아시를 만난다. 이때 다아시가 청혼을 하지만 엘리자베스는 끌리는 마음이 있음에도 그에 대한 편견 때문에 거절한다.

그리고 위컴이라는 군인이 엘리자베스의 동생과 야반도주를 하는 사건이 벌어진다. 결혼의 대가로 돈을 요구하는 위컴에게 다아시는 재정 지원을 약속한다. 이 사실을 안 엘리자베스는 비로소 자신의 오만과 편견을 부끄러워한다.

한편 엘리자베스는 빙리에게 언니 제인의 진심을 전하며, 빙리가 언니에게 청혼하도록 돕는다. 모든 오해와 편견이 사라지자 엘리자베스와 다아시도 서로의 마음을 확인하고 결혼에 이른다.

제인 오스틴은 결혼이 가문끼리의 연결이나 사회적 지위를 유지하기 위한 수단으로 횡행하는 풍속에서 진정한 사랑을 찾는 노력을 포기하지 말라고 촉구한다. 영화 〈오만과 편견〉이 전하는 메시지도 이와 같다.

〈오만과 편견〉을 보고 오라는 숙제를 내줬는데, 민아 씨는 제인 오스틴 원작의 다른 영화 〈엠마〉와 〈센스 앤 센서빌리티〉까지 봤다고 했다.

사랑에 대한 대화를 나누다 민아 씨에게 물었다.

"그토록 사랑한 사람과도 사소한 오해로 헤어졌는데, 사랑하지도 않는 사람과 얼마나 행복할까요?"

나는 그 사람과 헤어지기를 두려워 말라고 용기를 주었다. 오만과 편견에 휩싸였던 엘리자베스에게도 사랑이 아닌 사람을 선택하지 않는 용기는 있었다고 말했다. 상담실을 나서는 그녀의 얼굴에 무언가 결심한 듯한 표정이 서렸다.

결국 민아 씨는 파혼했다.

두려워 말라고 용기를 주었던 나 역시 그녀의 선택이 놀라웠다. 일을 벌이기 전에는 상상할 수 없을 만큼 두려운 일로 여겨졌지만, 벌이고 나니 정말 아무것도 아니었다.

그녀는 마치 그 일이 있던 며칠이 '농담' 같았다고 했다. 파혼 과정에서 쏟아졌던 그 남자의 폭언을 접하며 헤어지길 참 다행이었다고 가슴을 쓸어내렸다.

사랑이 아니었으니 이별 후에도 금세 편안한 마음을 회복했다. 물론 예전의 남자친구와 다시 만나기 위한 것은 아니었다. 그녀는 각이 단단히 잡힌 현실주의가 아닌, 조금은 더 진실한 사랑을 찾겠다고 결심했다.

내가 여러 이유에서 추천한 모임에도 들어갔다. 즐겁게 떠드는 민아 씨의 말로는, 그곳에는 별난 남자들이 더러 있었다. 남자 사귀라고 가입을 권했던 것이 아닌데 그녀에게는 금세 남자친구가 생겨버렸다. 부모님이 반대할 만큼 가난하지만 진실한 남자라고 했다.

사랑은 인생을 회복시킨다. 나 역시 그랬다. 아무것도 없었던 시절 나는 결혼했다. 사랑만 믿고. 그녀는 내가 더 높이 상승할 수 있도록 사랑을 주었고, 아비의 사랑을 그리고 가족애를 선사했다.

세상은 여성의 사랑이 있어 존재한다. 남성의 욕망이나 시기심, 배타성이 기를 꺾고 순한 양이 되는 것도 여성의 사랑이 있어서이다.

사랑에 지혜가 더해지는 것이 우리가 경험할 수 있는 최상의 가치이다.

… 사랑은 한순간의 열정이 아니라
배워야 할 기술 …

존 가트맨 《행복한 부부, 이혼하는 부부》

올해 서른 살인 서영 씨는 몇 번의 연애를 거치는 내내 고통스러웠
다. 사람들은 그녀에게 많은 남자를 만나야 진짜를 찾는다는 '경험
주의'를 권하지만, 헤어질 때마다 그녀가 겪는 아픔은 상상을 초월
하는 것이어서 이제 연애 자체가 두려울 지경이었다.

그래서 2년의 공백 끝에 사귄 성훈 씨와는 헤어지고 싶지 않았
다. 하지만 최근 만날 때마다 싸우고, 상처받으며 집으로 향하는 일
이 반복되면서 서영 씨는 또 한 번의 이별을 예감하고 있다.

다툴 때마다 헤어지자는 이야기가 나오고, 그런 대화가 오갈 때
성훈 씨의 마음도 무척 괴롭다. 그에게 이별은 고통을 넘어선 두려
움이다. 어릴 적 아버지를 배웅하러 항구에 나갈 때마다 성훈 씨는
많이 울었다.

그의 아버지는 일찍부터 원양어선을 탔다. 뭍에 완전히 내린 지

채 5년이 되지 않는다. 어머니 역시 일을 해서 성훈 씨는 할머니 손에 자라며 부모의 따뜻함을 모르고 살았다.

애정결핍은 사랑에 관한 한 그가 폭군이 되게 만들었다. 자신의 사랑을 의심하는 서영 씨의 말에 크게 상처받았고 지나치게 격분했다. 부부도 아닌 두 사람이 부부상담을 신청한 데는 그런 내력이 있었다.

나는 두 사람에게 《행복한 부부, 이혼하는 부부》를 읽기 권했다. 그것은 상담이라기보다는 공부에 가까웠다.

수학자이자 심리학자인 가트맨 박사는 수천 쌍의 부부를 상대로 행복한 결혼의 비밀을 연구했다. 먼저 부부간의 대화를 분석해 이 부부가 계속 살지 여부를 예측하는 결혼 유지 공식을 도출했다. 이 공식은 놀랍게도 93퍼센트의 정확도를 가진다.

비난이나 경멸, 방어와 회피의 대화 방식이 지배적일 때 그 부부는 이혼할 확률이 높았다. 갈등의 내용이 아니라 대화 방법이 문제라는 사실은 기존 부부상담의 믿음을 송두리째 뒤흔드는 결론이었다.

물론 중요한 것은 부부의 대화가 제대로 유지되는 일이다. 그리고 대화에 부정적 요소가 전혀 없어야 한다는 것도 아니다. 부정적 대화가 일정 비율을 넘지 않으면 비록 갈등이 존재해도 부부는 문제를 헤쳐나갈 수 있었다.

가트맨은 새로운 문제 해결법을 제시했다. 먼저 '애정지도 그리기'이다. 좋아하는 꽃부터 미래의 포부까지, 상대를 좀 더 알수록 유대감은 깊어진다.

두 번째는 상대에 대한 배려와 존중을 표현하는 일이다. 이 단계에서는 "당신은 무척 사려 깊어요"와 같은 말을 상대에게 진심으로 전하는 연습을 한다.

세 번째는 상대와의 접촉을 피하지 않고 적극적으로 대화하는 것이다. 그러기 위해 온화한 대화법을 배우고, 함께 운동을 하거나 여행을 떠나는 등 둘만의 활동을 만들어야 한다.

네 번째는 상대의 의견을 존중하고 이를 경청하는 태도를 연습하는 것이다. 가트맨 부부치료의 핵심은 여기 있다. 경청하는 연습을 한 부부의 관계는 빠르게 회복되었다.

서영 씨와 성훈 씨에게는 '마법의 시간'이 필요했다. 가트맨이 고안한 마법의 다섯 시간 법칙은 부부가 일주일에 다섯 시간만 배려하면 평생 행복할 수 있는 사랑의 비결이다.

첫째, 헤어질 때 자신의 다음 일정을 2분 정도 설명한다.

둘째, 집에 와서는 바깥에서 있었던 일 가운데 힘든 점을 이야기하며 20분 정도 대화한다.

셋째, 존경과 감사의 표현을 한다. 하루 5분이면 족하다.

넷째, 키스나 포옹과 같은 애정 표현을 한다. 이 역시 하루 5분 정도면 된다. 그리고 일주일에 한 번 정도 둘만의 데이트를 한다. 길지 않아도 좋다. 가트맨은 이 모든 시간이 일주일에 다섯 시간이면 족하다고 한다.

낭만적인 사랑이 식기는 순간이다. 실은 그 다음이 문제다. 사랑은 한순간의 열정이 아니라 배워서 익혀야 하는 삶의 기술이다.

우리가 대단한 어떤 것이라고 믿는 낭만적인 사랑은, 실은 어리석음과 맹목이 더 큰 비중을 차지하는 낮은 단계의 사랑이다.

몇 번의 만남으로 상대에게 매혹을 느끼고 깊은 열정을 품는 낭만적 사랑은 분명한 한계를 갖는다. 잘 알지도 못하는 서로가 몇 가지 힌트로 서로를 열망하다가, 미처 서로를 이해하기도 전에 감정이 식으면 헤어지는 것을 당연한 일이라고 여긴다.

드라마나 영화에서, 또는 현실에서 우리는 어떤 부부가 낭만적 사랑의 열기가 소멸하면서 상대에게 냉혹해지는 일을 자주 목격한다. 그리고 그것이 진실이라고 믿는다. 존 가트맨에 의하면, 이는 단지 기술 부족이다.

사랑을 부르는 습관

...

서영 씨와 성훈 씨는 가트맨의 대화 기술을 배우고 또 배운 대로 계획을 세우고 실천했다.

어느 날 나는 서영 씨에게 성훈 씨와 헤어지고 나서의 일정을 성훈 씨한테 설명해 보라고 주문했다. 서영 씨는 조금 부끄러워하다가 말했다.

"오늘 자기하고 헤어진 후 잠시 카페에 들려 커피 한 잔을 마실 예정이야. 선생님이 지난번에 추천해 주신 《행복한 이기주의자》를 샀는데, 카페에서 읽으면 더 잘 읽히거든. 어제도 그랬어. 그 책에서 그러는데, 자기를 사랑하는 시간을 갖는 것이 서로의 관계를 좋게 만든대."

성훈 씨도 솔직한 속내를 드러냈다.

"아아, 그랬구나. 난 또 어제 누구 만나는 줄 알았어. 사실 남자 만나는 줄 알았거든. 이유도 없이 왜 카페에 갔나 궁금했어."

서영 씨는 성훈 씨의 솔직한 마음이 되레 사랑스럽게 느껴졌는지, 어깨를 토닥여주었다.

나는 다짐을 받았다.

"상대에 대한 작은 배려로 오해와 불신이 해소되는 거거든요. 두 분은 이제 서로에게 더 솔직하게 표현하셔야 합니다. 알겠죠?"

나는 또 두 사람에게 메모장에 그날 서로를 배려할 내용과 실천 여부를 꼼꼼히 적으라고 권유했다. 이참에 습관을 단단히 들이기 위해서였다.

둘은 여전히 뜨거운 사이였기에 사랑으로 습관의 힘을 북돋았다. 둘이 서로를 원하면 원할수록 습관은 더 착착 몸에 배었다.

불과 한두 달 사이에 둘은 몇 주가 지나도록 싸우지 않게 되었다. 심지어 이야기만 나오면 갈등을 불렀던, 그래서 과연 합의를 이끌어낼 수 있을까 싶었던 신혼집과 혼수, 부모를 모실 것인지와 같은 장래 계획들까지도 원만하게 상의하는 수준까지 다다랐다.

서영 씨와 성훈 씨는 그동안 서로 눈치를 보며 미뤄왔던 결혼 날짜를 잡았다. 이제 더는 둘의 관계가 두렵지 않았다. 모르면 차차 배우면 되는 일이므로.

··· 신데렐라의 사랑이 아니라
당신만의 사랑이 필요하다 ···

샤를 페로 〈신데렐라〉

미라 씨는 대학을 졸업한 뒤 여러 곳을 거쳐 한 작은 회사로 이직했다. 회사에는 자신을 비롯해 비정규직 사원이 열 명쯤 있었다. 학력도 그녀와 비슷하고 나이도 거기서 거기였다. 조금 더 회사를 다녔다 해도 연봉 차이는 크지 않았다.

올해 서른인 회사 선배를 보며 자기 앞날도 별 다르지 않을 것 같아 미라 씨는 우울했다. 만원 지하철에 실려 회사에 나가는 아침은 그래서 고역이었다. 음악을 들으며 멍한 채로 있다가 역을 지나칠 때가 한두 번이 아니었다.

미라 씨는 신데렐라를 꿈꾸었다. 자신처럼 착하고 괜찮은 여자를 알아봐 줄 능력 있고 잘생긴 남자가 어딘가에 꼭 있을 거라 믿었다. 소개팅을 자주 나가는 이유이기도 했다. 하지만 주변에 영화라도 가끔 함께 보는 남자라곤 배불뚝이 유부남 대리 한 명이 전부였다.

미라 씨의 불면증과 우울감은 조금 더 심해졌고, 결국 상담을 받으러 왔다. 조금의 현실 감각만 익힌다면 미라 씨의 우울증은 벗어날 수 있는 문제였다.

우리는 삶이 일순간 화려한 변화를 맞기를 기대한다. 하지만 삶은 느리고 조금씩 변한다. 인생에서 결혼이나 출산, 죽음조차 큰 요동 없이 일어나기 일쑤이다. 갑자기 삶에 기적 같은 일이 일어나지는 않는다.

그 옛날에도 마법 없이 신데렐라가 되기는 어려웠던 모양이다.

"너도 파티에 가고 싶은 거로구나. 그렇지? 네가 갈 수 있도록 해주마. 정원으로 뛰어 가서 호박을 가져오렴."

신데렐라는 얼른 커다란 호박을 대모에게 가져다주었다. 그녀의 대모는 요술 지팡이로 호박을 치면서 "아브라카다브라" 하고 주문을 외쳤다. 호박은 순식간에 멋진 마차로 변했다. 신데렐라는 자신의 눈을 믿을 수 없었다.

신데렐라 이야기를 떠올릴 때 가장 선명한 이미지는 유리구두이다. 페로가 처음 구전설화들을 모아 적을 때만 해도 그것은 가죽신이었다. 그런데 번역의 오류로 유리구두가 되었다. 하지만 유리구두라는 이미지가 멋이 있어 프랑스판에도 지금은 유리구두라고 적고 있다. 동화 속에서 신데렐라의 유리구두는 마법과 현실 사이를 잇는 매개지만, 따지고 보면 몹시 괴상한 물건이다. 주인이 아닌 사람이 신으려면 살이 찢어지는 고통을 감당해야 하기 때문이다.

우리가 신데렐라 이야기에서 보아야 하는 것은 신데렐라의 근성이다. 교훈주의 동화 작가 페로가 〈신데렐라〉를 쓴 데는 소녀들이 힘든 상황을 꿋꿋이 이겨나가길 바라는 소망이 담겨 있다. 다만 그 역경을 이겨내는 소녀들에게 달콤한 위안을 주기 위해, 왕자와의 만남 같은 비현실적인 해피엔딩을 가미했던 것이다.

하지만 우리는 신데렐라의 근성을 보기보다는 대개 마지막의 뜻밖의 행운만 보려 한다. 근성 있게 살다가 주어진 만큼의 행복이 가장 값진 것이다. 그 이상의 것을 바라는 것은 소설적 장치와 현실을 구분하지 못하는 아둔함이다.

미라 씨는 이제 그간 간직해 온 마음속의 낡은 공주 이야기들을 버려야 했다. 신데렐라나 백설공주, 라푼젤 이야기가 아니라 자기만의 이야기가 필요했다.

신데렐라보다 평강공주

...

나는 미라 씨에게 성장 스토리를 써보라고 했다. 성장 과정을 보니 그녀는 열심히 살아온 사람이었다. 대학을 마치기 위해 숱하게 아르바이트를 했고, 덕분에 취업한 후 또래보다 일솜씨가 좋다는 평

판을 들었다. 지금까지 근무 성적도 괜찮은 편이었다. 기운을 되찾으면 대학원에도 가고 관리직까지 오르기 위해 노력할 마음가짐도 갖고 있었다.

일종의 글쓰기 치료인 성장 스토리 써보기는 그녀에게 많은 생각을 하게 했다. 이는 상담의 영역이면서 동시에 개인의 철학적 과제이기도 하다. 여성 철학자들은 남성의 서사에 짓눌리거나 환상적 이야기에 현혹당한 여성이 자신을 찾는 방법으로 성장 스토리 쓰기를 권한다. 자기 이야기가 풍성해지면 자기 안을 채우던 거짓 이야기들도 자연스럽게 밀어낼 수 있다.

이를 통해 꿈꿔왔던 저 높은 곳이 허상이라는 현실감을 되찾으면 된다. 그 허상을 보기 위해 조금은 불편한 현실적 이야기도 가끔 필요했다. 그래서 권한 것이 〈그것이 알고 싶다 – 결혼에 인생을 건 사람들〉라는 르포였다.

TV에서 방영했던 이 르포는 인생 역전을 꿈꾸는 젊고 아름다운 여성들의 실태 보고였다. 강남 일대에 늘어나는 그녀들은 출신지와 이력은 다양했지만 동화 속 주인공처럼 어느 날 화려한 진짜 주인공이 되기를 꿈꾸는 것은 한결같았다.

그녀들은 재력을 갖춘 젊은 남성들과 교제하기 위해 정상적이지 않은 방법까지 동원해 그들과 접촉하길 소망했다. 그리고 그 '바닥'에는 신데렐라가 된 몇몇 여성의 이야기가 전설처럼 전해지고 있었다.

하지만 간신히 인터뷰를 따낸 '백마 탄 왕자'들의 증언은 이와는 달랐다. 그들에게 그녀들과의 만남은 단지 쾌락을 위한 것이며, 자신의 장래와 그녀들은 무관하다고 단언했다.

미라 씨에게도 이 이야기는 충격적인 모양이었다. 내내 심각한 표정이었다.

하지만 소녀는 어른이 되어서도, 또한 마법이 없으면 넘을 수 없는 현실의 벽을 깨달아도, 판타지를 소비하는 일을 거부하지 않는다. 그것이 TV를 틀면 언제고 신데렐라 이야기를 만날 수 있는 이유이다. 드라마 속 지고지순한 재벌가의 자제는 결국 가족을 설득해 재투성이 여인을 공주로 탈바꿈시킨다.

신데렐라 이야기가 여전한 것은, 사람들이 문화 소비 안에서만이라도 자신의 좌절된 욕망을 충족하고 싶어 하기 때문이다. 미라 씨의 취미 역시 잘생긴 남자 배우가 재벌가의 후계자로 분해 여심을 녹이는 드라마였다.

콜레트 다울링이 만든 신조어 '신데렐라 콤플렉스'는 사회적으로 강요된 여성의 의존 심리를 지칭하는 말이다. 억압에 길들여지면서 여성은 창의성과 의욕, 독립성을 발휘하지 못하고, 세상에 대한 두려움과 의존성이 커진다. 그녀들은 자신의 문제를 해결하는 데 있어 애인이나 남편, 타인에게 의지하려 한다. 자신의 인생을 반전시켜 줄 남편감을 찾는 데 급급해한다.

이런 심리는 정상적이고 지혜로운 사랑을 방해하는 요인이다. 더 큰 잘못은 신데렐라를 꿈꾸는 여성보다는 그녀를 유혹하고 세뇌했던 문화에 있다. 하지만 더 이상 소녀가 아니니 신데렐라는 없다는 진실을 깨닫는 도약이 필요하다.

신영복 선생은 마법을 기다리는 신데렐라들에게 바보 온달을 지아비로 택한 평강공주의 결단을 들려준다.

나는 평강공주와 함께 온달산성을 걷는 동안 내내 '능력 있고 편하게 해줄 사람'을 찾는 당신이 생각났습니다. '신데렐라의 꿈'을 버리지 못하고 있는 당신이 안타까웠습니다.

현대 사회에서 평가되는 능력이란 인간적 품성이 도외시된 '경제적 능력'입니다. 그것은 다른 사람들의 낙오와 좌절 이후에 얻을 수 있는 것으로, 한 마디로 말해 숨겨진 칼처럼 매우 비정한 것입니다. (……) 세상은 이런 어리석은 사람들의 우직함 때문에 조금씩 더 나은 것으로 변화해 간다는 사실을 잊지 말아야 한다고 생각합니다. 우직한 어리석음. 그것이 곧 지혜와 현명함의 바탕이고 내용입니다.

미라 씨는 이제 드라마를 보지 않는다. 그녀는 하루에도 몇 시간씩 드라마를 보던 자신이 드라마중독이었음을, 달콤한 환상에 중독되어 있었음을 깨달았다.

나는 드라마 대신 다큐멘터리를 권했다. 테레사 수녀와 이태석 신부의 다큐멘터리는 그녀의 어깨를 내리치는 죽비와 같았다. 특히 이태석 신부의 다큐멘터리 〈울지 마, 톤즈〉를 보며 하염없이 눈물을 쏟았다.

나와 여러 편의 다큐멘터리를 감상한 것이 계기가 되어, 미라 씨는 교육방송에서 하는 괜찮은 다큐멘터리를 보거나 내가 추천한 책들을 읽기 시작했다. 경제적으로 안정된 남자를 찾기 위해 주변을 들쑤시며 계속해 온 소개팅도 끊었다. 대신 한 달에 한 번, 버려진 아이들을 돌보는 단체를 찾는다.

마음 안의 신데렐라가 사라지니 이제 평강공주가 들어섰다며, 그녀는 조금 모자란 남자를 만나 자신이 멋지게 살리면 그게 더 좋은 일이라는 말도 할 수 있게 되었다.

그녀의 앞날에 축복이 가득하기를!

… 결혼 때문에 사랑을 버리는 게
'미친 짓' 아닐까? …

안톤 체호프 〈귀여운 여인〉

지현 씨는 최근 5년 넘게 사귄 동갑내기 남자친구와 헤어졌다. 남자친구는 결혼을 '미친 짓'이라고 믿었다. 괜찮은 직장을 다니는 지현 씨와는 달리 여태 고정적인 직장을 구하지 못한 남자친구는 늘 미안하다고만 했다. 한국 남성에게 결혼은 더 이상 선택하고 싶지 않은 의무라는 변명도 했다.

이 문제로 수차례 싸우다가 지현 씨는 결국 남자친구가 자신의 짝이 아닐지도 모른다는 생각을 했고, 어느 날 남자친구의 결별 요구를 받아들였다.

지현 씨는 자신의 선택이 잘못된 것이었다고, 한 번 더 설득해 그를 결혼으로 이끌었어야 했다고 자책했다. 그러나 남자친구는 더 이상 그녀를 만나주지 않았다.

"네가 원하는 안정된 삶을 가져다줄 남자가 어디선가 나타날 거야. 그러니 나는 잊어"라는 안타까운 고별 메시지만 남겼다. 내게 그 문자 메시지를 보여주며 지현 씨는 또 몹시 울었다.

하지만 상담 내내 이별로 인한 고통을 호소하는 그녀보다는 그럴 수밖에 없는 그 남자의 처지가 내게는 더 안쓰럽게 다가왔다. 최근에 지현 씨처럼 서로 깊이 사랑하였으나 이루질 수 없었다고 토로하는 사람들을 자주 만난다. 거리의 수많은 남녀들은 오늘도 연애에 골몰하지만, 서로의 끝을 지키겠다고 맹세하는 결혼은 두려워한다.

'사랑 금지', 아니 '결혼 금지'는 사회적 징후이다. 내 집 마련하기가 별 따기보다 어려운 시대, 아이 하나 키우는 데 엄청난 돈이 드는 세상, 불투명한 각자의 직업세계 등이 합쳐져 결혼은 사랑의 결실이 아니라 넘어야 할 험준한 산맥으로 다가온다.

그래서 젊은이들은 일시적으로 서로 사랑하지만 영원을 꿈꾸지는 않는다. 100미터 달리기와 같은 사랑에는 익숙하지만, 사랑은 영원을 염두에 두고 벌이는 마라톤이라는 진실은 거부한다. 그리고 그로 인한 커다란 심리적 공허에 시달린다. 영원한 사랑에 대한 거부나 두려움이 정신적 문제로 나타나고 있는 것이다.

지현 씨에게 나는 위로와 깨달음을 동시에 선사해야 했다. 한몸 같았던 남자를 떠나보낸 상처를 쓰다듬어야 했고, 사랑과 결혼의 진실에 대해서도 이해시켜야 했다. 지현 씨와 상담하면서 나는 진짜 문제는 무능한 남자친구가 아니라, 사랑과 결혼에 대한 그녀의 선입견일지 모른다는 생각이 들었다.

톨스토이도 극찬한 안톤 체호프의 〈귀여운 여인〉은 그녀의 편견을 깰 수 있을 만한 감동을 가지고 있다.

올렌카는 아버지가 죽은 후 쿠킨을 만난다. 연극배우인 쿠킨을 만나며 그녀는 연극이 인생에서 가장 중요한 일이라고 말한다. 하지만 쿠킨은 갑자기 세상을 떠난다. 새롭게 만난 푸스도발로프는 목재상이다. 연극은 이제 그녀에게 중요한 일이 아니었다. 푸스도발로프를 만나며 그녀 역시 나무가 우리 삶에서 가장 중요한 물건이라고 여기게 된다. 하지만 그가 죽자 올렌카에게 목재는 더 이상 중요한 물건이 아니었다.

얼마 후 그녀는 군대에 근무하는 수의관 블라디미르를 만난다. 그와 사귀면서 다시 활력을 찾지만, 군대의 이동에 따라 그가 떠나자 다시 실의에 빠진다. 그런데 어느 날 블라디미르가 아내와 아들을 데리고 나타난다. 올렌카는 반색하며 그들의 거처를 마련해 주고, 부부가 바빠서 아들 사샤를 키울 수 없게 되자 사샤를 데려다 키운다. 이제 사샤의 교육 문제가 그녀에게 가장 중요한 일로 떠오른다.

그러던 어느 날 저녁, 문 두드리는 소리가 나자 그녀는 두려워한다. 전보는 늘 그녀에게 비운의 소식을 전했기 때문이다. 하지만 단지 수의관이 외출했다 돌아오는 소리인 것을 깨닫고 가슴을 쓸어내린다.

'설마 하리코프에서 전보가 온 건가!'

온몸을 부들부들 떨며 올렌카는 생각했다.

'사샤의 엄마가 저 애를 하리코프로 보내라고 전보를 친 모양이야!
아. 이를 어쩌면 좋아?'

올렌카는 절망에 빠져들었다. 머리와 손발이 얼어붙는 것 같았다.
이 세상에서 자신처럼 불행한 사람은 없을 거라는 생각이 들었다. 그
러나 일 분 후 누군가의 목소리가 들렸다. 수의관이 클럽에 갔다가 돌
아온 것이었다.

"하나님, 감사합니다!" 하며 그녀는 안도의 한숨을 내쉬었다. 심장의
고동소리가 차츰 잦아들며 마음이 가벼워지기 시작했다. 올렌카는 옆
방에서 곤히 잠들어 있는 사샤를 생각하며 다시 자리에 누웠다.

많은 여성학자들은 올렌카를 주체성을 잃은 여성의 전형으로 꼽
았다. 그러나 이 소설은 다양한 관점에서 해석할 수 있을 것이다.
지현 씨를 뒤흔들었던 것은 여성학자들의 시각과는 다른 측면이었
다. 톨스토이가 이 작품을 극찬한 까닭은 운명의 고통 앞에서도 사
랑을 기꺼이 택하는 그녀의 모습이야말로 신성이 느껴지는 일이라
고 여겼기 때문이다.

그녀는 올렌카를 누군가를 사랑하지 않고서는 단 한 순간도 버티
지 못하는 여자로 생각했다. 매순간 누군가를 사랑했고, 끊임없이
자신을 그 대상에 동일시했던 올렌카의 사랑은 어찌 보면 누구보다

도 진실되어 보인다고 말했다. 지현 씨가 생각하기에 그녀의 사랑은 매순간 치열했고 아름다웠다.

지현 씨는 자신이 올렌카처럼 한껏 사랑하지 못하고 사랑에 인색했던 것 같다고 고백했다. 남자친구를 품어주지 못하고 몰아세웠던 것 같다는 것이다. 위해주는 척 취업을 도왔던 것이 그에게는 몹시 부담이었을 거라고 털어놓았다.

지현 씨는 헤어지기 몇 달 전부터 남자친구에게 "너 정말 징그럽다"라는 이야기를 자주 들었다. 남자친구의 문제점들을 집요하게 파고들며 비난하던 그녀에 대한 남자친구의 저항이었다.

지현 씨는 끊임없이 자신의 모든 열정을 다해 사랑한 올렌카가 왜 귀여운 여인인지 많이 생각했다고 했다. 나 역시 체호프가 이 소설을 쓴 의도가 무엇이든 상관없이, 사랑하는 순간마다 삶이 빛나는 올렌카의 모습을 통해 누군가를 사랑하지 않는 삶은 아무 의미가 없다는 생각이 들었다고 말했다.

그럼에도 여전히 중요한 일

...

결국 여러 번의 설득 끝에 지현 씨 남자친구가 상담실을 찾았다. 꼭 전해주고 싶은 말과 부탁하고픈 이야기가 있다며 내가 두 번이나 그에게 전화를 걸었던 터였다.

은석 씨는 불쑥 말하기를 아직 직장을 구하지 못했다고 했다. 그 역시 노력하지 않았던 바가 아니었다. 수십 장의 입사원서를 냈지만 면접조차 볼 수 없었던 적이 많았다. 당장 방세를 내고 생활비를 버는 일부터 위태로운 처지에 저 멀리 있는 목표나 결혼은 생각할 여력이 없었다.

안타깝게도 그에게서는 '할 수 있다, 가능하다'라는 생각을 발견하기 어려웠다. '불가능하다, 안 될 일이다'라는 패배감이 끊임없이 흘러나왔다.

은석 씨에게 나는 가난한 사랑도 얼마든지 결혼에 도달할 수 있다는 점을 설명했다. 가난했지만 사랑이 많았던 내 신혼시절 경험도 들려주고, 몇 편의 감상 자료로 보였다. 그 가운데는 〈노부부의 사랑〉이라는 영상도 있었다.

백한 살의 권병호 씨와 아흔여덟 살의 김은아 씨는 74년의 결혼생활을 잘 보냈다. 여전히 두 사람은 서로를 아끼고 감싸준다. 몸이 쇠약해져 다리가 아픈 아내를 백 살 넘은 남편이 살뜰히 보살핀다.

이 영상을 보고 은석 씨는 잠시 말문이 막히는 듯했다. 나는 지현 씨가 〈귀여운 여인〉을 읽고 상대에 대한 배려가 부족했던 점을 반성하고 있다는 이야기도 전했다. 그러니 아직 준비가 안 되었다 해도 괜찮다며 거듭 그에게 용기를 불어넣었다.

"지금 은석 씨에게 결혼이 큰 짐일 거라는 건 짐작하지만, 사랑 없이 평생 살아가는 일이 좋은 일일까요? 요즘 프랑스는 고독고(孤

獨苦)가 큰 사회 문제라네요. 자유연애와 동거를 옹호하고 결혼에 대한 반감이 심했던 프랑스는 최근 늙은 사람들이 너무 고독해서 일찍 죽고, 병들어도 돌봐주는 사람이 없다고 합니다. 늙어 외롭지 않으려고 결혼해야 하는 건 아니지만, 자신을 잘 아는 사람과 평생을 살아가는 일은 여전히 중요한 일이지 않을까요."

상담을 하는 내내 지현 씨는 떨면서 기다리고 있었다. 나는 초조하게 기다리던 지현 씨를 불러들였다. 두 사람 사이에는 아직 오래된 사랑의 뿌리가 남아 있었다. 나는 서로를 안아보라고 주문했다.

둘은 조금 주춤거리더니 슬며시 끌어안았다. 나는 아무 말도 하지 말고 서로의 체온을 느껴보라고, 지난 시간을 돌이켜보고 앞으로의 긴 시간을 상상해 보라고 했다.

두 사람 다 눈시울이 붉어졌다. 지현 씨보다 은석 씨의 어깨가 더 많이 떨렸다. 나 역시 눈물이 핑 돌았다. 한 미약한 인간이 자기를 온전히 넘어서서 하나의 진정한 '우리'에 다다르는 일이 결혼이다. 우리는 극한의 어려움을 이겨낸 사람들의 뒤에는 가족, 든든한 배우자가 있었다는 이야기를 예전에도 지금도 수없이 듣고 있다. 그러니 사회적 조건 따위가 사랑과 결혼의 신성을 침범해서는 안 된다.

이 세상이 그들의 아름다운 결혼을 허락했으면 한다.

··· 섹스보다 중요한 건
사랑받는다는 느낌이다 ···

임상수 〈처녀들의 저녁식사〉

정란 씨는 아홉 살 난 윤아의 소아우울증 때문에 상담실을 찾았다. 하지만 상담을 하다 보니 문제는 엄마 정란 씨에게 있었다. 첫 대면에서 그녀는 남편과는 아무 문제도 없다고 했다. 주말이면 함께 캠핑을 가고 외출이나 외식도 빈번하며 함께 개그 프로를 보며 신나게 웃기도 한다고.

유년기를 탐색해 봐도 다른 내담자에 비하면 별다른 문제가 보이지 않았다. 하지만 정란 씨는 교양 있는 목소리로 딸의 잘못을 샅샅이 헤집는 잔소리를 일삼고 있었다. 남편을 빼다 박은 딸에게 정란 씨는 뜻밖에 높은 수위의 적개심을 품고 있었다.

정란 씨의 문제는 삶에 대한, 특히 성생활에 대한 불만이었다. 삽입 위주의 성행위만 즐기고 부드러운 애무나 키스를 기피하는 남편의 섹스 스타일은 정란 씨의 오랜 불만거리였다. 게다가 남편은 성관계를 맺기 전에 포르노를 보는 습관이 있었다. 정란 씨로서는 도무지 이해할 수 없는 일이었다. 거듭해서 이를 지적하자 남편은 그녀에게 다가오기를 꺼려하기 시작했다.

결혼 전 성관계를 가져본 적이 없는 정란 씨에게 오르가슴을 알려준 것이 남편이었다. 그런데 그렇게 불을 질러놓고 이제는 먼 산 바라보듯 하니 울화통이 터졌다. 그 미움과 불만이 고스란히 어린 딸의 숙제와 성적, 생활로 옮아갔던 것이다.

1년 전 마지막 성관계 후 섹스 문제로 크게 다툰 후 아이에 대한 잔소리도 급증했다. 정란 씨는 스스로 이 문제를 풀려고도 애썼다. 그래서 남편처럼 포르노를 보았다. 남편이 보는, 여성이 비인간적인 성행위 대상으로 취급되는 것과는 다른 것이라고 했다.

그녀가 보는 포르노에서는 여성이 소중하게 다뤄지며, 전희와 후희 시간이 길고, 부드럽고 감미로운 대화가 등장한다. 여성용 포르노를 보며 자위를 하고 나면 남편에게는 조금은 죄스러운 마음이 들었고 딸에게는 한껏 부드러워졌다. 하지만 얼마 가지 않았다.

게다가 둘째를 출산하는 장면을 본 후 남편은 섹스 기피증이 심해졌다. 부부는 섹스 문제가 둘의 행복을 저해하는 일이라고 믿고 있었다.

남편과 상담해 보니 그 역시 애처롭기는 마찬가지였다. 그는 다른 남자들처럼 성적으로 문란한 부도덕한 사람이 아니었다. 냉전 중이지만 아내와 성관계를 갖고 싶은 바람도 있었다. 다만 아내가 항복하기를 기다리고 있었던 것이다.

정란 씨와 남편은 몰래 자위를 하며 자신의 성적 욕구를 달래고 있었다. 하지만 서로 사랑받고 싶었다.

만약 외국에서 이런 사례가 생겼다면 카운슬러는 당연히 이혼하고 새로운 사랑을 찾으라고 권했을 것이다. 아니, 이런 상담 자체가 무의미할지 모른다. 행복한 결혼생활에서 성은 무척 중요한 역할을 한다. 하지만 살기 바쁘고, 돈 버는 데 온통 정신을 팔고 나면 이 은밀하고 남사스러운 일에 대해 제대로 배우기 어렵다.

상담을 하다 보면 문제의 진짜 원인은 대개 무지에서 벌어진다. 결혼 10년 차인 정란 씨 부부 역시 서로의 성감대조차 제대로 모르고 있었다.

남자들의 성은 여성의 복잡 미묘한 성에 비하면 대단히 단선적이고, 명료한 사안이다. 삽입을 원하는 여성의 성기가 허락되면 일은 일사천리로 진행되기 때문이다.

하지만 여성의 성은 마치 최첨단 기계처럼 섬세하고, 체계적이면서도 융합적이다. 성감대, 삽입에 의한 쾌감의 강도, 오르가슴에 이르는 패턴, 정서적 만족도의 중요성 등 그 수를 헤아리기 어렵다. 그리고 여전히 베일에 싸여 있다. 발달한 성과학으로도 여성의 성에 대해 모든 진실을 알려주긴 어려울 정도이다.

실은 이 세상을 살았던 모든 여자들의 수만큼 다양한 것이 여성의 성적 취향이다. 많은 이야기 가운데 가장 나중에, 그것도 은밀히 말하지만 그 온전한 속살을 다 드러내지 못하는 것이 여자의 성 이야기이기도 하다.

여성의 성은 남성의 성과 달리 단지 육체적인 일이 아니다. 여성의 성은 여성의 삶과 직결되며, 그녀의 심리와 가치관과도 밀접하게 연결되어 있다. 여성은 한 번의 성관계에서도 임신, 출산, 육아, 인생을 떠올린다. 그러니 여성의 성은 여성의 전부에 가깝다.

여성은 심리적으로 안정되고 편안할 때 가장 큰 만족감에 도달할 수 있다. 그래서 여러 위험을 감수해야 하는 미혼 여성에 비해 결혼한 여성에게 성생활은 더 안전하고 포근한 지대일 수 있다.

미묘하고 섬세한 여자의 성

...

부부상담이 진행되었다. 일단 두 사람 사이의 깊은 감정의 골을 매워야 했다. 성생활이 닫혀 있는 탓에 정란 씨는 그간 헝클어진 머리에 후줄근한 모습으로 남편을 성의 없게 대했다. 남편은 자신에게 정성을 표현하지 않는 아내에게 불만이었다. 그렇게 막혔던 둘 사이의 소통의 벽을 뚫어야 했다.

두 사람에게 성에 관한 몇 권의 참고서를 알려주었다. 여성의 몸에 관한 의학 지식을 담은 책도 있었고, 성생활의 지혜를 알려주는 책, 남녀 모두 만족스러운 구체적인 섹스 방법에 관한 책도 있었다.

두 사람이 함께 볼 만한 몇 편의 영상도 알려주었다. 그 가운데는 영국에서 만들어진 성생활 다큐멘터리 〈21세기 여성의 섹스 가이드(A Girls Guide To 21st Century Sex)〉, 여성의 성에 대한 철학적 질문을 던지는 카트린 브레야의 〈로망스〉 외에 임상수 감독의 처녀작 〈처녀들의 저녁식사〉와 〈바람난 가족〉도 있었다.

그 중에서도 내가 적잖이 애착을 갖는 작품은 〈처녀들의 저녁식사〉이다. 처음 이 영화를 보았을 때 느꼈던 신선한 충격은 지금도 여전하다. 아마도 여성의 관점에서 성 담론을 풀어낸 영화로는 국내에서 처음이 아닐까 싶다. 그 전 영화들은 제대로 된 고증 없이 남성들의 편견과 판타지에 기초했던 경우가 대부분이었다.

이 영화에는 스물아홉 살 난 세 명의 미혼 여성이 등장하는데, 이들이 모여 식사하는 장면들은 세 여주인공의 성에 대한 거침없는 생각들이 드러나는 공간이기도 하다.

호정은 디자인 회사를 운영하며 성에 자유분방하다. 그녀는 처음 만난 남자와도 스스럼없이 하룻밤을 보내는, 자신의 몸과 성에 대한 구속을 받지 않는 여성이다. 우연히 알게 되어 관계를 가졌던 유부남 때문에 간통죄로 구속되어 고초를 겪기도 한다.

호텔 웨이트리스로 일하는 연이는 호정의 집에 얹혀산다. 자신의 삶에 대한 불만족에 시달리는 연이는 남자친구와 자주 성관계를 갖지만, 기대하는 오르가슴에는 잘 도달하지 못한다. 그녀 역시 성욕으로 인해 자주 몸이 달아오르고, 우연히 만난 남자와 충동적으로 관계를 맺는다.

대학원생 순이는 남자를 만나기보다는 자위하는 편이 낫다고 여기는 여성이다. 그녀 역시 성에 대한 호기심이 전혀 없는 사람은 아니다. 어느 날 연이의 남자친구 영작과 관계를 맺고 임신까지 하게 된다.

감독이 말하듯, 순이가 자유분방한 호정이나 직장녀인 연이보다 자기 삶을 더 주체적이고 자기 식대로 살아가는 인물로 느껴진다. 호정은 자유롭게 살지만 자기의식이 부족해 보이고, 연이는 결혼과 안정된 삶에 대한 목표의식은 뚜렷하지만 이를 달성하기 위해 어떻게 살아야 할지 체득하지는 못한 인물로 비쳐진다.

연이는 결혼을 위해 섹스가 필요하다는 식의 비합리적이고 억압적인 생각을 가지고 있었다. 남자친구와 헤어지고 다른 남자와 만나면서도 그녀는 섹스를 결혼으로 넘어가기 위한 하나의 과정으로만 여겼다. 하지만 영화 막바지에서 조금은 주체적으로 자신의 성을 바라볼 수 있게 되고, 섹스를 그 자체의 의미를 가진 것으로 보게 되자 처음으로 오르가슴에 도달한다.

영화는 수많은 묘사와 주인공들의 수다를 통해, 여성의 성은 남성의 성과 다르고 남성이 아는 여성의 성은 오해투성이라는 점을 알려준다. 가령 세 주인공의 두 번째 저녁식사에서 호정은 남자들이 잘하려고 애쓰는 성적 기교에 대해 말한다. 섹스는 그런 게 다는 아니라며, 여성적 섹스는 마치 남녀가 한몸이 되는 듯한 보다 심리적이고 정서적인 사안이라고 말한다.

〈처녀들의 저녁식사〉는 여성의 주체성과 성적 만족감에 대해 많은 것을 느낄 수 있는 영화임에 틀림없다.

몇 번의 상담을 통해 서로를 대하는 둘의 표정과 언행은 몰라보게 달라졌다. 상담 초기, 저 멀리 서 있는 사람을 쳐다보는 듯 냉담한 표정을 하고 앉아 있던 두 사람은 어느 새 바로 옆에 앉은 연인을 바라보는 눈빛으로 변해갔다.

나는 부드러운 언행과 솔직한 애정 표현, 성애에 대한 대화의 중요성을 거듭 강조했고, 두 사람 모두 기다리고 있었다는 듯이 서로에게 애정 공세를 퍼부었다.

두 사람은 요즘 다시 신혼을 즐기고 있다. 내 조언에 따라 남편은 아내와의 첫 만남 기념일에 감사와 사랑을 절절하게 담은 편지를 전했고, 집에서 같이 영화를 보다가 1년 만에 관계를 가졌다.

서로에게 신중하고도 존중하는 마음으로 했던 관계였기에 둘 다 정서적 만족이 무척 컸다. 너무 좋아 다음 날에는 모텔에서, 그 다음 날에는 호텔에서 또 관계를 가졌다고 했다. 서로를 배려하고 챙기는 가트맨 박사의 부부 대화법을 실천하면서 둘 사이는 금세 부드러워졌다.

다섯 번째 상담에서는 둘이 손을 꼭 잡고 있었다. 남편은 여성의 성을 조금은 알게 되어 전과는 다른 성숙한 성관계를 할 수 있게 되었다고 고백했다. 아내를 배려하면서부터 한 순간의 짜릿함을 넘어서는 풍부한 기쁨을 알게 된 것이다. 딸 윤아도 언제 그랬냐 싶게 우울증에서 벗어났다.

　이후 두 사람은 매주 한 번 이상의 관계를 가지고 있다. 물론 정란 씨는 전에 없이 높은 오르가슴을 경험하고 있다.

… 남자라는 당신 옆의 외계인을 사랑하려면 …
김정운 《나는 아내와의 결혼을 후회한다》

현주 씨는 중학교 음악 교사다. 남편은 그녀가 임신을 하면서 성관계를 맺지 못하게 되자 첫 번째 바람을 피웠다. 자주 다퉈 아내와 사이가 멀어진 후 최근 또 한 번 바람을 피웠다. 전직 형사인 현주 씨 아버지가 두 번 다 직접 모텔을 급습해 증거를 확보했다.

남편의 두 번째 바람은 나이트클럽에 간 것이 발각되면서 전모를 드러냈다. 상대 여자와는 퍽 오래 교제했던 것으로 밝혀졌다. 밝혀진 것만 두 번일 뿐, 6년의 결혼 기간 동안 얼마나 외도를 저질렀는지는 알 수 없다는 의심이 현주 씨 마음을 할퀴었다. 하지만 딱 두 번이었다.

현주 씨는 남편의 직장 동료인 그 내연녀를 만났다. 그런데 황당한 것이 미인인 현주 씨가 보기에 내연녀가 말도 안 되는 박색이었다. 도대체 왜 나를 두고, '급'이 안 되는 여자를 만났는지 이 남자를 도무지 이해할 수 없다고 했다.

　현주 씨는 불면증이 심해졌고, 겨우 삼십 대 초반인데 화병에 가까운 신체 반응이 나타나고 있었다. 첫 상담에서 그녀는 티슈 한 통을 다 쓸 정도로 펑펑 울었다. 그녀의 우울증과 화병을 치료하는 것만큼이나 남자라는 어리석은 존재를 구체적으로 알리는 대화가 필요했다.

　여러 이유에서 나는 김정운의 《나는 아내와의 결혼을 후회한다》를 권했다. 이 책은 본격적인 남성심리학 책이라기보다는 남성들을 둘러싸고 있는 문화적 맥락과 그 심리적 이면을 다룬 책이다. 이해하기 어려운 남성의 본성에 관한 이야기도 담고 있지만, 퍽 연민이 가는 우리나라 남자들의 위태로운 삶을 조명한다. 조금은 편파적으로 남성 우호적이다. 그러나 문화 안에서 남성의 욕망이 어떻게 왜곡되는지를 살피는 관점이 돋보인다.

　자신은 아내와의 결혼을 후회한다고, 감히 발설해서는 안 될 속내를 드러내며 김정운은 '커밍아웃'을 했다. 그리고 쉰 살에 교수직을 내던지고 미술을 하겠다고 유학을 떠난 이 대책 없는 남자는, 남자도 놀고 싶고 쉬고 싶다고 말한다.

　이 책에서는 왜 남편이 아내에게 염증을 느끼는지, 남자는 어떤 욕망과 감정들에 시달리는지 발견할 수 있다.

"만지고 만져지는 자연스러운 스킨십을 통한 의사소통 과정이 박탈

당하면서 에로티시즘의 왜곡이 나타났다"고 영국의 사회학자 앤서니 기든스는 주장한다. 온몸으로 느껴야 하는 상호관계성이 성기에만 집중되어 나타나는 왜곡된 남근중심주의적 포르노물의 범람이 그 예다. 한국의 안마시술소, 퇴폐이발소는 이러한 이론적 맥락에서 제대로 이해될 수 있다. 단순한 변태 성매매가 아니다. 건강한 일상의 재미가 사라지면서 자연스러운 정서적 교류가 박탈된 한국 남자들의 의사소통 장애가, 범람하는 안마시술소, 퇴폐이발소의 진짜 원인인 것이다.

임신했을 때, 현주 씨는 태아에게 위험할까봐 남편이 다가오지 못하도록 했다. 그런데 이는 잘못된 상식이다. 임신 기간은 오히려 피임에 대한 걱정을 덜고 성관계를 즐길 수 있는 때이다. 조금만 조심하면 된다. 체위를 바꾸면 되는 문제이다.

현주 씨의 남편 역시 반강제로 끌려와 여러 차례 나를 만났다. 그는 엄하고 폭력적인 아버지에게서 자라며 사랑에 목말랐던 사람이다. 본가에 아내만 보내고 아버지를 만나기 싫어 딴 약속을 잡는 남자이다. 어릴 적 사랑의 스킨십이 부족했던 이 남자는 과도한 성욕에 사로잡히고 말았다.

그런데 어쩌다 너무 잘난 여자를 만나고 말았다. 현주 씨는 남편보다 한 살 더 많았다. 가방끈도 더 길었다. 게다가 직업이 교사이다 보니 늘 어수룩한 남편을 가르치려 들었다. 그는 그래서 아내에게 다가가기 힘들었다고 고백했다. 여전히 아내를 안고 싶고 사랑을 나누고 싶지만, 아내가 항상 너무 고압적이라는 것이다.

그리고 그는 어리석게도 두 번 다 욕망이 아니라 '사랑'이었다고 실토하고 말았다. 외도가 사랑이라는 이유일 때 여자들이 더 분노한다는 사실을 몰랐던 것이다. 그것도 참을 수 없는 감정의 이끌림이라고 표현해 아내의 고통을 더했다.

현주 씨는 남편 휴대전화의 비밀번호를 알아내 그 '못난' 여자에게서 온 문자 메시지들을 본 적이 있다. 남편은 무슨 소중한 거라고 지우지 않고 보관하고 있었다. 잠시라도 자신이 누군가에게 한껏 사랑받았던 흔적이었기 때문이다. 나는 선의의 거짓말이나 남자들의 음흉함이라곤 모르는, 순진하기 짝이 없는 현주 씨 남편이 애처롭기까지 했다.

그 문자 메시지들을 현주 씨는 모조리 읽고야 말았다. 수백 통을 쭉 읽으면서 느낀 점이 많았다. "사랑하는 우리 자기야"로 시작하는 그 메시지들은 자신이 남편에게 한 번도 보낸 적 없는 감미로운 것들이었다.

문자 메시지들을 읽으며 극심한 배신감도 느꼈지만, 이 사랑 많은 여자는 '나는 남편에게 얼마나 따뜻했던가'를 떠올렸다.

현주 씨는 다정하지 못했던 자신의 행동을 후회했다. 뜻밖에도 그녀는 뉘우치고 있었다.

충족되지 않는 감탄의 욕구는 욕구 좌절이 된다. 욕구 좌절은 심리학적으로 뒤집어져 분노가 된다. 적개심이 되고 공격성이 된다. 모두들 '어디 한번 건들기만 해봐라' 하는 표정으로 거리를 헤맨다. 아, 그러나 이 아저씨들에게 감탄을 연발해 주는 곳이 단 하나 있다. 룸살롱이다. 화려한 화장을 한 젊은 아가씨들은 밤마다 끝없이 외친다. "어머, 오빠!" "오빠는 왜 이리 멋있어?" 이 싸구려 감탄에 환장한 사내들은 넥타이를 풀어헤친다. 지갑까지 풀어헤친다. 정말 슬픈 이야기 아닌가?

나는 상담 초반부터 남편과 헤어지는 편이 마음의 회복에 유리할 것이라고 조언했었다. 하지만 그녀는 결코 이혼 생각은 하지 않았다. 아이를 끔찍이 사랑하는 그녀는 절대로 아이가 이혼 가정에서 자라게 하고 싶지 않다고 했다. 남편 역시 아이에게만은 살가운 아빠였다.

그러니 한 번 더 용서해 주겠다고, 죽이고 싶을 만큼 밉지만 용서의 감정이 더 앞선다고 했다. 그래서 더 자주 안아주고, 더 자주 자신과 성관계를 갖도록 허락해 주고 싶다고도 했다. 나는 정말 드물게 만나는 케이스인 현주 씨의 과감한 행보가 그저 놀랍기만 했다.

김정운 교수의 표현대로라면, 현주 씨는 남편에게 '감탄의 욕구'를 충족해 주고픈 것이었는지도 모른다.

사랑받지 못해서

...

《나는 아내와의 결혼을 후회한다》와 나의 설명들을 마주하며 현주 씨는 조금씩 남자를 이해하기 시작했다. 여중과 여고, 여대까지 나온 그녀는 남자가 도대체 어떻게 살아가는 생명체인지 모르고 살았다. 결혼 초기 미친 듯이 달려드는 남편이 낯설고 귀찮았고, 색골 같았다고 했다.

현주 씨는 남편을 '안 돼'라고 가르치면 말을 듣는 애완견처럼 여겼다. 결혼을 통해 자기 소유가 되었으니, 조금만 협박하고 구슬리면 자기 마음대로 할 수 있을 거라는 만용을 부렸다. 물론 '범죄'는 남편이 저질렀지만, 그녀에게 조금의 잘못도 없는 것은 아니었다.

현주 씨 남편은 잔뜩 주눅 들어 있었다. 이 여자가 갈라서자고 하면 어쩌나 내내 두려움에 떨고 있었다. 참으로 이율배반이었다. 그래서 아내가 한 번만 더 봐줄 테니 다음엔 절대 그러지 말라고 했을 때, 김유정의 소설 〈동백꽃〉의 남자주인공처럼 왈칵 눈물을 쏟았다. 참 못난 남편이지만, 한편으로 아내에게 한없이 사랑받고 싶었던 남자였다.

명목상 용서를 했다지만, 현주 씨의 화병은 좀처럼 수그러들지 않았다. 그 사건들과 남편이 했던 말들이 가슴에서 풀리지 않았다. 매우 어려운 자기 극복의 문제였기에 나는 내담자들에게 좀처럼 권하지 않는 법정 스님의 책들을 읽으라고 했다. 그녀에게는 평범한

용서가 아니라 커다랗고 거룩한 용서가 필요했기에 내려진 처방이
었다.

법정 스님의 책은 '극강'의 치유서이다.

법정 스님은 말년에 "과일에 씨앗이 들어 있듯이 우리 중생은 누
구나 태어날 때부터 하나의 씨앗을 지내고 태어나온다"고 자주 말
씀했다. 그것이 '불성' 혹은 '영성'이라고 했다.

이 불성과 영성을 움트게 하려면 마음을 정화시키는 일이 필요
하며, 그것이 참 인생이라고 했다. 스님의 마지막 사업이었던 '맑고
향기롭게' 운동은 내 안의 영성을 꽃피우자는 뜻이 담겨 있다.

현주 씨는 내 조언대로 기도하고, 묵상하고, 경청했다. 모태신앙
조차 기독교이고 독실한 크리스천인 그녀의 개종은 참으로 놀라운
일이었다. 단지 한 못난 남자를 위한 일치고는 과분한 것이었다.

남편에게는 최선을 다해 참회하고 용서를 구하라고 당부했다. 더
크게 용서를 구하지 않는다면 현주 씨가 남편을 받아들일 명분이
없다고 전했다. 현주 씨가 당신을 버려도 할 말이 없지만, 받아들여
준다니 할 수 있는 일은 모두 다 해야 한다고 설득했다.

그는 몇 번이나 눈물을 보이며, 잠시 눈이 멀었던 스스로를 자책
하고 있다고 했다. 그리고 남자들이 외도를 벌일 때 미처 생각하지
않는, '아내가 이 사실을 알면 얼마나 상처받고 고통스러워할까' 하
는 데까지 생각이 미쳤다. 나는 그에게 거듭 참회를 가르쳤다.

현주 씨는 시원시원한 성격답게 그 행보 또한 씩씩했다. 여전히

마음에 화가 남아 있지만, 그럴수록 더 열렬히 기도했다. 그녀는 크게 용서하고, 남편은 거듭 참회했다. 현주 씨는 보통 여자라면 넘지 못할 산을 심리적으로 극복했다. 성자와 같은 그녀의 결단과 결행들은 나로 하여금 여러 가지 생각을 하게 만들었다.

Chapter
6

내 가족의 안녕을 위해서라면

"누군가와 더불어 행복해지고 싶다면 그 누군가가 다가오기 전에
스스로 행복해질 준비가 되어 있어야 한다."

_〈무소의 뿔처럼 혼자서 가라〉 중에서

··· 아내에서 여자로 독립해야 할 때 ···

공지영 《무소의 뿔처럼 혼자서 가라》

주영 씨는 세 번이나 바람난 남편과 살고 있었다. 이혼할 마음은 없었다. 아직 서른 초반이지만, 이미 아이가 셋인 데다 사회생활에서 멀어진 지도 10여 년이 넘어 이혼은 선택하기 두려운 일이었다.

게다가 남편이 돈줄을 쥐고 있었다. 어쩌다 보니 용돈을 타서 사는 처량한 처지가 되어 있었다. 제 이름으로 된 통장 하나가 없었다. 재작년 딱 한 번 작심했던 이혼은 시댁의 회유로 무산되었다.

어처구니없게도 남편은 이혼을 먼저 입 밖에 낸 그녀를 비도덕적이라고 비난했다. 아이를 셋이나 둔 엄마가 그럴 수 있냐며.

남편은 더는 바람을 피우지 않겠다고 다짐했다. 주영 씨가 상담을 원했던 속내는 어쩌면 그 약속을 한 번 더 확인받기 위한 것이었는지도 모른다. 마지못해 아내 손에 이끌려온 남편은 상담 내내 못마땅한 눈치였다.

얼마 전 또 바람을 피운 정황을 발견한 그녀는 미칠 듯이 화가 들
끓었고 잠을 이룰 수 없었다. 결국 더는 안 되겠다 싶어 상담을 청했
고, 남편의 버릇을 고칠 방도를 알려달라고 호소했다. 그녀는 이 인
간을 버려야 할지, 다시 고쳐 써야 할지 고민하며 고통스러워했다.

주영 씨는 이시형 박사가 처음 발표해 지금은 공인을 받은 '화병'
을 앓고 있었다. 이시형 박사는 화병을 동양의 몇몇 나라에만 있는
'문화결합증후군'이라고 정의한다.

남성 중심의 문화가 여성에게 이 병을 초래한다. 내면에 쌓인 화
때문에 심리 문제가 신체적 증상으로 나타난다. 주영 씨의 목은 육
십 대 여성처럼 경직되어 있었고, 작은 스트레스에도 뜨거운 열감
(熱感)을 느꼈다.

내 예감대로 두 번째 상담부터는 남편이 동행하지 않았다. 최근
까지 끊이지 않는, 희망을 잃게 하는 남편과 시댁의 무정함을 듣고
서 나는 몇 번이나 주영 씨에게 이혼을 권했다.

그녀 역시 독립하고 싶어 했다. 단돈 백만 원이라도 직접 벌어보
고 싶어 했다. 나는 부디 그러라고 용기를 주었다. 당연히 그럴 수
있다는 현실감각도 회복시켰다.

남자들은 여성이 모성의 볼모가 될 거라는 점을 악용하기도 한
다. 나는 정의롭지 못한 남편과 계속 사는 것은 어쩌면 위선적 모성
일 수 있다고 말했다. 두 딸에게 여자의 좋은 삶이 무엇인지 알려주
는 것 또한 모성이자 엄마의 책무임을 매 상담마다 상기시켰다. 불

성실한 아버지 밑에 자라는 것이 세 아이들에게 더 해로운 일일 수 있다고.

남편에게서 늘 무능하다는 소리를 들어온 주영 씨는 자신의 '인질 심리'를 이겨내고 주체적인 선택 능력을 기를 필요가 있었다. 그녀의 선택 능력이 저하되었던 것은 인질범에게 구속된 인질의 처지가 장기간 지속됐기 때문이다.

먼저 스스로 행복해질 것

...

공지영의 《무소의 뿔처럼 혼자서 가라》에는 세 명의 여주인공이 등장한다. 혜완과 경혜, 영선은 대학 동창으로, 각자 다른 삶을 살아가고 있다. 소설가인 혜완은 사고로 아이를 잃고 혼자 사는 이혼녀이다. 지금은 선우라는 괜찮은 작가와 연인 관계이고, 혜완은 끊임없이 그와의 미래를 고민하고 갈망한다.

영선은 영화감독인 남편을 위해 꿈도 저버린 채 모든 것을 헌납하며 사는 주부이다. 무능해진 그녀는 남편에게서 모멸을 당하기 일쑤이다. 그런데 어느 날 남편이 바람을 피운다. 절망한 나머지 영선은 자살을 시도한다. 영선의 남편인 박 감독은 아내의 비극 앞에서도 변명을 늘어놓는다.

성공한 커리어우먼인 경혜는 겉으로는 화려한 삶을 살지만, 이미 사랑을 잃었고 심지어 남편이 바람피우는 것을 묵인하며 살고 있다. 그녀에게 결혼은 무가치한 구속들을 안고 살아가는 고행이다.

영선은 당분간 혜완의 집에서 지내다 어느 날 혜완과 다툰 후 떠나간다. 각자의 상처는 아무는 듯했다. 그런데 영선은 얼마 후 결국 자살한다. 영선의 죽음 이후, 혜완과 경혜는 새로운 삶을 살아가고자 결심한다.

이 소설은 결혼이 가져다주는 여성의 속박을 다루고 있다. 또 여성이 취해야 할 선택과 판단에 대해서도 강한 메시지를 전한다.

소설의 제목은 출판사에서는 안 된다고 한 것을 작가가 끝내 우겨서 붙인 것이라고 한다. '무소의 뿔처럼 혼자서 가라'는 부처님 가르침을 담은 초기 경전인 《숫타니파타》에 나오는 한 구절이다. 아집과 집착을 벗어던지고, 홀연히 정진하여 무애(無㝵, 아무 막히거나 거칠 것이 없음)의 지경에 이르라는 뜻을 담은 말씀이다. 소설에서 주인공이자, 누군가에게 의존하려는 마음 때문에 고통스러워했던 혜완이 마지막 장면에서 눈물을 쏟게 만든 구절이기도 하다.

언젠가 불경을 읽다가 영선이 애기한 적이 있었다.

"이 말 참 좋지? 들어봐. 소리에 놀라지 않는 사자와 같이 그물에 걸리지 않는 바람과 같이 무소의 뿔처럼 혼자서 가라!"

혜완도 좋다고 말했었다.

"넌 결국 여성 해방의 깃발을 들고 오는 남자를 기다리는 신데렐라

에 불과했던 거야."

선우가 말했었다.

그랬다. 영선은 그 말의 뜻에 귀를 기울여야 했었다. 경혜처럼 행복하기를 포기하고, 혜완처럼 아이를 죽이기라도 해서 홀로 서야 했었다. 남들이 다 하는 남편 뒷바라지를 그냥 잘하려면 제 자신의 재능에 대한 욕심 같은 건 일찌감치 버려야 했다. 그래서 미꾸라지처럼 진창에서 몸부림치지 말아야 했다. 적어도 이 땅에 살아가려면 그래야 하지 않았을까.

누군가와 더불어 행복해지고 싶었다면 그 누군가가 다가오기 전에 스스로 행복해질 준비가 되어 있어야 했다.

남성 작가들이 글을 하나의 도구나 목적으로 삼는다면, 여성 작가는 글에다 자신의 몸과 생을 육화한다는 이야기가 있다. 남성에게 세상은 공략의 대상이지만, 여성에게는 사랑으로 품는 포용의 대상이다. 위대한 여성 작가들은 자기의 인생이나 일상 정도가 아니라 여성이 처한 모든 구체적인 사실들을 글로 빚어낸다.

공지영은 온몸으로 글을 쓴다는 말이 어울릴 듯하다. 그녀의 '자전적'인 글들은 진실성을 확보한 것으로 느껴진다. 정작 본인은 돈이 궁해 생활의 방편으로 이 글을 썼다지만, 그래서인지 더더욱 《무소의 뿔처럼 혼자서 가라》는 그녀의 육성과 주장이 가감 없이 드러나는 소설이다.

남성 비평가들은 아직 그녀의 소설을 '씹기' 좋아하는 것 같다. 여성 철학자 뤼스 이리가라이의 표현을 빌리자면, 원래 남자들은 개성적이고 재주 있는 여성의 말을 '백치의 말'로 여기길 주저하지 않는다. 심약한 남자들에게 세 번이나 결혼하고 또 세 번이나 이혼을 결정한 여성 작가는 충분히 두려울 수 있는 상대이다.

　그러니 누구의 호불호와 관련된 충고를 따를 게 아니라, 공지영의 글에 '온몸'으로 부딪혀보길 바란다. 몸을 도사린 채 자기 몸 뒤에 숨는 여느 여성 작가의 글에 비하면 그녀의 육성은 무척 특별한 경험일는지 모른다.

　《무소의 뿔처럼 혼자서 가라》를 보고 나서 주영 씨는 내가 권한 것도 아닌데 공지영의 다른 소설까지 여러 권 읽어나갔다. 세련된 표현은 아니었지만, 그녀는 여자 역시 가족이나 사회, 심지어 부모 자식간의 관계에서 벗어난 자기 홀로의 존재임을 이야기하기 시작했다. 그리고 공지영 소설의 주인공들처럼 온몸으로 세상에 홀로 부딪힐 수 있는 용기를 얻어나갔다.

　마음이 가다듬어지자 그녀는 이혼 소송과 양육비, 재산 분할에 대해 질문이 많아졌다. 상담이 마무리되며 그녀의 화 체증은 내렸다. 그 후 그녀가 어떤 선택을 했을지 궁금하다.

… 아들의 삶에 부족했던 것은 사랑이다 …

톨스토이 〈사람은 무엇으로 사는가〉

중학교 2학년인 도연이는 학교에서 여학생을 추행했다. 강제 전학을 당할 뻔한 것을 겨우 피해자 부모와 학교에 사정해 무마할 수 있었다. 부모는 싫다는 여학생의 부모를 끝내 설득해 만났고, 진심으로 사죄하며 용서를 빌었다.

이런 일을 겪으며 도연이의 부모는 마음이 모두 녹아버렸다. 아버지 정수 씨는 대기업 임원이었고, 어머니 지나 씨는 모 연구소의 연구원이었다. 두 사람 모두 박사 학위까지 받은 배울 만큼 배운 사람들이었다. 그리고 두 사람 모두 도덕성에 큰 문제가 없는 사람들이었다.

그러니 이 일은 황망하기 그지없는 노릇이었다. 어째서 이런 사단이 일어난 걸까? 상담실에서 지나 씨는 내내 눈물을 흘렸다. 정수 씨는 망연자실한 표정 그 자체였다.

문제는 중심 잃은 삶이었다.

성공과 일에 바빴던 정수 씨 부부는 아이를 살뜰히 보살필 수 없었다. 열 살까지는 늙은 노모가 도연이를 보살폈고, 도연이 할머니가 고향으로 돌아간 후에는 학원과 과외 선생들이 아이를 돌봤다. 혼자 집에 있기를 몹시 싫어하는 도연이를 위해 거의 매일 번갈아 가며 과외 선생들이 와서 도연이와 시간을 보냈다. 과외 선생이라기보다는 보모에 가까웠다.

초등학교 졸업 무렵부터 도연이는 마치 예정된 것처럼 온라인 게임과 포르노에 빠져들었다. 두 번째 상담에서 나는 아이에게서 포르노를 보면 불안을 잊고 위로를 받는다는 고백을 들었다.

"제가 야동을 보는 이유는 다른 아이들과는 좀 다른 것 같아요. 보고 나면 마음이 안정되고 어쩐지 사랑받고 있다는 느낌이 들어요."

물론 터무니없는 생각이다. 하지만 도연이는 그런 기분을 절실하게 느꼈다. 아이는 안타깝게도 사랑과 불안 해소조차 분간하지 못했다.

그 사건이 벌어지던 날, 평소 친했던 그 여학생과 도연이는 강당에 남아 함께 청소를 하고 있었다. 그 여학생이 연신 웃었는데, 도연이는 뭔가를 참을 수 없었다고 했다. 강제로 옷을 벗기려다 그 아이는 도망쳤고, 도연이는 교실로 들어가지 못하고 학생부실에서 반성문 수백 장을 쓰며 처분을 기다려야 했다.

나는 정말 그 여학생의 웃음을 보며 그러라고 허락한 것이라고 믿었는지, 아니면 어떤 충동을 도저히 참을 수 없었는지 물어보았다. 도연이는 잘 모르겠다고 했다. 그 기분이나 생각이나 감정이 도대체 무엇이었는지 자신도 알 수가 없다고 했다. 도연이의 마음은 잡초가 무성한 황무지처럼 참담하기 그지없었다.

나는 그렇게 잘 알 수 없는 마음을 가지게 된 것은 결코 네 탓이 아니니 자책하지 말라고 했다. 하지만 도연이는 스스로를 질책하며 자신이 모든 것을 망쳤다고 울었다. 학교에서 고개를 들지 못하는 엄마 아빠를 보며 죽고 싶었다고, 그 여학생에게도 미안하다고 했다.

나는 집단 따돌림이나 폭력, 패륜 등 도덕성이나 성품의 문제를 겪는 아이들을 만나면 영성을 가르친다. 근본적으로 필요한 것은 충동 조절이나 문제행동 교정보다 영성 치유이기에, 영성을 배울 수 있는 자료들을 아이의 눈높이에 맞게 치밀하게 구성해 읽게끔 한다.

도연이에게도, 지나 씨와 정수 씨에게도 처음 읽도록 한 책은 러시아의 문호 톨스토이의 단편들이었다. 그중 도연이와 내가 오랫동안 이야기를 나눈 소설은 〈사람은 무엇으로 사는가〉였다. 이 소설이 도연이의 마음을 채울 진실한 질문들을 품고 있는 까닭이었다.

구두 수선공 시몬은 가난하게 살아간다. 집에는 코트가 하나밖에 없어 아내와 번갈아 입어야 하는 처지이다. 밀린 외상값을 받으면 한 벌의 코트를 만들 양가죽을 살 수 있었다. 하지만 외상값을 받으러 가보니 모두 돈이 없었다.

낙망한 시몬은 홧김에 술을 마시고 길을 가다, 교회 근처에서 벌거벗은 청년 미하일을 만난다. 시몬은 그냥 지나칠 수 없어 자신의 코트를 입혀 미하일을 집으로 데려온다. 시몬의 아내 마도료나는 기가 막히고 화가 났지만, 불쌍한 마음에 그에게 음식을 대접한다. 그때 미하일은 그녀를 향해 처음 미소를 짓는다.

시몬은 아무것도 할 줄 모르는 미하일에게 구두 수선을 가르친다. 1년이 흐르자 미하일의 수선 솜씨가 소문이 나 손님들이 찾기 시작했다.

어느 날 한 신사가 찾아와 장화를 만들어달라고 하자, 미하일은 장화 대신 시신에게 신기는 신발을 만든다. 과연 신사의 하인이 찾아와 신사가 죽었으니 망자를 위한 신발을 지어달라 부탁한다. 미하일은 만들어놓은 신발을 건네며 두 번째 미소를 짓는다.

또 어느 날은 두 아이를 데리고 한 여인이 찾아온다. 여인은 부모가 죽어 고아가 된 쌍둥이 여자아이들을 기르고 있었다. 그때 미하일은 세 번째 미소를 짓는다.

미하일은 사실 천사였다. 그 여인이 기르는 쌍둥이를 낳은 친엄마를 하늘로 데려오라는 하나님의 말을 거역해, 그 벌로 지상에 벌거벗은 채 내려온 것이었다.

하나님은 세 가지 질문에 답하면 다시 하늘로 올라올 수 있다고 했다. 하나님의 세 질문은 이것이었다. "사람의 마음에는 무엇이 있는가?" "사람에게 허락되지 않는 것은 무엇인가?" "사람은 무엇으로 사는가?"

그 답은 각기 사랑, 죽음, 박애였다.

미하일이 마도료나에게 미소를 지은 것은 첫째 답 '연민'을 알았기 때문이고, 두 번째 망자의 신발을 건네며 지은 미소는 '죽음의 불가피성'을 알았기 때문이며, 세 번째 미소를 지은 것은 '이타심'을 보았기 때문이었다.

인간은 결국 죽을 수밖에 없으니 타인을 사랑해야 하는 존재다.

〈사람은 무엇으로 사는가〉를 읽고 도연이에게 나는 조심스레 물었다.

"도연이의 삶에는 무엇이 부족하니?"

"······사랑이요."

가족의 삶에 없어서는 안 될 것들

...

나는 도연이 부모에게 말했다. 당신 가족은 가족임에도 불구하고 사랑이 비어 있다고. 허상을 쫓다 보니 아이에게 사랑과 연민과 인류을 가르치지 못했다고. 정수 씨와 지나 씨는 회한의 표정을 지었다.

매일매일 부모와 자녀가 만나야 하는 것은 아이들이 아무 보호 없이 '알몸'으로 세상에 나서서는 안 되는 까닭이다.

나는 두 사람에게 아이의 영성 교육에 필요한 대화와 작품 향유 방법들, 도연이를 위한 자료 목록 외에 부모가 볼 자료 목록도 함께 건넸다. 다큐멘터리 〈아이의 사생활 – 도덕성〉은 가족과 자녀에 대한 두 사람의 생각을 근본적으로 되짚어보도록 했다.

도연이와는 톨스토이의 다른 단편들을 읽고 이야기를 나누었다. 〈바보 이반〉으로는 성실의 중요성에 대해서, 〈사람에겐 얼마만큼의 땅이 필요한가?〉로는 탐욕에 대해서 이야기했다.

저 아래로 꺼져 있는 우물 같았던 아이의 표정은 차차 복사꽃처럼 밝아졌다. 도연이는 이번 일이 악마 같은 소행이라기보다 한 미숙한 소년이 겪은 인생의 고비라는 점을 이해하기에 이르렀다.

물론 이런 자각만으로 주변의 싸늘한 시선을 모두 감내하기는 쉽지 않았다. 결국 내 조언대로 아이는 멀리 경기도의 한 중학교로 전학을 갔다.

그리고 도연이 가족은 공부보다는 가족과의 대화가 중요하며, 성공보다는 사랑이 중요하다는 조언을 성실히 따랐다. 지나 씨는 휴직하거나 퇴직하기로 결심했다. 그동안 못 안아준 만큼 아이에게 넘치는 사랑을 주겠다고 결심했다.

정수 씨 역시 일을 줄일 수 있는 현명한 방법들을 찾았다. 파레토의 '20:80 법칙'을 머리가 아닌 삶으로 실천하겠다고 했다.

이탈리아의 사회학자 빌프레도 파레토는 일의 80퍼센트 성취는 20퍼센트의 노력만으로 달성된다고 말한다. 인간은 그 모자란 나머지 20퍼센트를 채우려고 아까운 80퍼센트의 정력을 낭비한다.

우리가 일과 삶의 균형을 잃는 아둔함에 빠지는 것도 이 때문이다. 도연이 가족은 이제 주말마다 1박 2일로 캠핑을 다닌다. 그리고 가족의 삶에서 없어서는 안 될 것들을 차근차근 배워가고 있다.

··· 당신의 딸이 화내는 진짜 이유 ···

미셸린느 먼디 / R.W 앨리 《화가 나는 건 당연해!》

아이는 상담실에 들어온 이후 줄곧 눈물을 흘렸다. 슬픔의 눈물이 아니라 분노에 겨운 눈물이었다. 엄마는 공부를 미루는 아이의 성격을 고치겠다고 단단히 벼르고 있었다. 아이는 자기를 끌고 온 엄마와 이 상황이 못내 분에 겨웠다.

초등학교 4학년에 불과한 현아는 어른들에게나 있을 법한, 명치 끝이 타오르는 듯한 작열감을 자주 느꼈다. 현아의 스케줄은 한 눈에 보기에도 살인적인 수준이었다. 매일 여러 개의 학원과 과외 수업, 특별 활동을 해내야 하는 현아는 화에 휩싸여 있었다.

영주 씨도 어릴 적부터 화를 잘 내는 사람이었다. 그녀는 아이의 행동이 굼뜨거나 만족스럽지 않으면 지체 없이 화를 쏟아냈다.

현아와 영주 씨가 서로 화를 내뿜을 때면 고성과 폭언이 오가며 온 집안이 활활 타올랐고, 서로의 마음에 새까만 그을음이 들어찼다. 그리고 아빠는 화를 피해 심리적으로 가족의 울타리 밖으로 도피해 있었다.

현아도, 영주 씨도 화를 통해 상대를 통제하고 싶어 했다. 하지만 그것은 무용한 일이다. 화내는 이의 말을 곧이들을 사람은 없기 때문이다. 화는 자기 이해와 각성을 통해 다스려야 하는 법이다.

서른 즈음, 나 역시 내면에 화가 켜켜이 쌓이던 때가 있었다. 누구도 성미를 돋우는 사람이 없건만 그냥 화가 났다. 그때 샘물처럼 화의 불씨를 꺼준 책이 있다. 베트남 출신의 세계적 종교 지도자 틱낫한 스님의 《화》였다. 이 책은 내가 거의 모든 내담자들에게 '화' 치료제로 쓰는 치유서이기도 하다.

스님은 화내는 일은 아까운 자신의 에너지만 밖으로 쏟아낼 뿐 화의 실체는 여전히 자기 안에 남기는 어리석은 일이라고 말한다.

만약 당신의 집에 불이 났다고 쳐보자. 그러면 당신은 무엇보다 먼저 그 불을 끄려고 해야 한다. 방화범의 혐의가 있는 자를 잡으러 가서는 안 된다. 만약 집에 불을 지른 걸로 의심 가는 자를 잡으러 간다면 그 사이에 집이 다 타버릴 것이다.

그것은 어리석은 짓이다. 당연히 먼저 불부터 끄고 봐야 한다. 화가 치밀었을 때도 마찬가지다. 당신을 화나게 한 상대방에게 앙갚음을 하려고 계속 그와 입씨름을 한다면, 그것은 마치 불이 붙은 집을 내버려두고 방화범을 잡으러 가는 것과 마찬가지 행동이다.

화가 났을 때는 화를 내는 자기 자신부터 살펴야 한다. 그래야 화를 진정시킬 수 있다. 화가 나게 한 상대에 마음을 쏟으면 화는 걷잡을 수 없이 커지고 만다.

영주 씨에게 《화》를 읽기 권했다. 현아도 화를 풀어야 했다. 하지만 아직 어린 현아에게는 다른 책이 필요했다.

화가 빠지고 나면
...

현아에게는 미셸린느 먼디와 로버트 앨리가 함께 만든 《화가 나는 건 당연해!》를 권했다.

《화가 나는 건 당연해!》에는 특별한 줄거리가 없다. 다만 화에 대한 여러 가지 심리치료적인 이야기들을 아이들의 눈높이에 맞게 편안한 글로 설명하고 있다.

화가 나는 건 당연해! 사람은 누구나 기쁨, 슬픔, 두려움, 화 같은 걸 느낄 수 있어. (……) 친구랑 싸웠을 때 너만 혼나면 화가 나는 게 당연하잖아. 나쁜 것은 화를 내는 게 아니라 화를 잘못 표현하는 거야. 화를 잘못 내면 너나 다른 사람이 상처를 받을 수도 있거든.

화를 꼭 풀어야 하는 걸까? 화는 다른 사람에게 옮길 수도 있어. 네가 화가 나서 뭔가를 던지거나 친구를 때린다면 그 친구 역시 화가 나겠지? 화가 난 친구는 너에게 화를 낼 거고……. 그러면 기분이 나아지기는커녕 더 나빠지고 말걸?

화가 났니? 이런 방법도 괜찮아! 숨을 깊이 들이쉰 다음에 천천히 내쉬어봐. 아까보다 화난 마음이 가라앉지 않아? (……) 왜 짜증이 났는지 글로 적어서 다른 사람에게 알리는 것도 도움이 될 수 있어. 글로 쓰는 게 귀찮으면 지금 기분이 어떤지 그림으로 그려서 널 아껴주는 사람하고 같이 봐.

이 책은 현아에게 도움이 되었다. 뜻밖에 영주 씨에게도 큰 도움이 되었다. 모녀는 서로 반복해서 이 책을 읽었다. 덕분에 둘은 화에 대한 이해가 깊어졌고, 이 책이 제안하는 화 잠재우기 방법을 실제로 써보기도 했다.

다른 사람을 용서하고 너를 용서해! 화가 난 나머지, 다른 사람을 슬프게 하거나 물건을 망가뜨렸다면 이렇게 말해. "미안해요." 그리고 다시는 안 그러기로 네 자신과 약속해. 그리고 네 자신을 용서하는 거야. 화가 났다고 해서 너와 그 사람이 서로 사랑하지 않는 것은 아니야. 먼저 "사랑해요"라고 말을 해봐.

처음 영주 씨에게 상담을 권했을 때, 그녀는 완강했다. 자기보다 딸이 문제이니 딸의 문제를 먼저 풀자며 반대했다. 하지만 현아의 화는 실은 영주 씨의 것이었다. 이 둘을 화의 구렁텅이로 내몬 근원적인 사건과 기억들을 헤집어보아야 했다.

영주 씨의 화는 어린 시절 부모의 언행과 그 후 살아온 사연들 언저리에 도사리고 있었다. 비로소 이 점을 수용하기 시작한 영주 씨는 불같이 화를 내 온 가족을 사시나무처럼 떨게 만들던 아버지를 떠올리고, 좌절했던 청춘의 기억들을 떠올리고, 불행한 느낌을 받았던 많은 사건을 떠올릴 수 있었다.

어느 날 나와 편안한 대화를 나눌 수 있게 된 영주 씨는 아무에게도 말한 적 없던, 극한의 분노와 수치심에 사로잡혔던 사건 하나를 고백했다.

어느 날 아버지는 술에 취해 자신을 꾸짖기 시작했다. 그녀는 아버지에게 처음 말대꾸를 했다. 화가 난 아버지는 그녀의 머리채를 잡고 마구 흔들더니 옷을 벗기기 시작했다. 팬티바람이 된 그녀는 문밖으로 쫓겨나 한 시간 넘게 서 있어야 했다. 누가 볼까봐 소리 내어 울 수도 없었다. 너무 화가 났고 또 너무 슬펐다. 화가 난 나머지 아파트 아래로 뛰어내릴까 몇 번이나 망설였지만, 용기가 없어 그러지 못했다.

사실 그녀는 화를 내고 있었던 것이 아니라 울고 있었던 것이다. 고통스러운 기억을 떠올리며 그녀는 다시 한 번 눈가가 촉촉해졌다. 수만 번 이 기억으로 울었건만 여전히 눈물이 난다고 했다.

안타깝게도 아버지는 10년 전 암으로 돌아가셨다. 그녀는 자신을 화나게 만든 사람을 용서할 수도 없었다. 하지만 마음으로는 할 수 있는 일이었다. 그 후 상담 때마다 나는 여러 번 아버지를 용서하고 "아빠. 사랑해요"라고 마음속으로 말하라고 했다. 영주 씨는 그때마다 고개를 끄덕였다.

몇 달 후, 걷잡을 수 없이 타오르던 영주 씨 안의 불은 꺼졌다. 그리고 화(火)는 화(和)로 변했다. 영주 씨가 먼저 화의 불씨를 끄자 아이는 웃기 시작했고 떠나 있던 남편도 솜털 같아진 그녀 곁으로 다시 다가올 수 있었다.

가족은 '화 내지 않고 말하기'에 동참했고, 불편한 감정이 쌓일 때 자신을 위로해 달라고 스스럼없이 부탁할 수 있게 되었다. 그것은 아주 자연스럽게 서로에 대한 사랑으로 변했다.

나와의 단독 면담에서 남편은 아내가 이렇게 예쁜 사람인 줄 몰랐다고 했다. 곤두서 있던 화기가 얼굴에서 빠져나가면서 실제로 영주 씨의 얼굴은 성형수술이라도 한 것처럼 점점 아름다워졌다.

··· 엄마의 삶이 있어야 아이의 삶도 있다 ···

김병일 《퇴계처럼》

연경 씨는 '아이중독'에 빠져 있었다. 그리고 그로 인한 스트레스와 우울증을 경험하고 있었다.

잘나가던 커리어 우먼이던 연경 씨는 육아를 위해 회사를 그만 둔 후 딸에게 집착하기 시작했다. 주중에는 간식을 챙겨 초등학교 3학년인 아이를 싣고 학원을 순례한다. 아이가 학교나 학원에서 100점이라도 받아오면 모든 일이 잘 될 것 같은 기쁨을 느낀다. 반면 아이가 자신의 뜻대로 움직이지 않거나 바라던 시험 점수가 나오지 않으면 심한 불만족을 느낀다.

연경 씨가 처음 상담을 원했던 것은, 최근 딸아이가 무기력하고 짜증과 화를 자주 내며 공부를 싫어해서 그 이유를 알고 싶었기 때문이다. 그녀의 의도는 아이를 다시 기름칠해 공부를 시키는 것이었다.

아이는 스마트폰에 빠져 있었다. 스마트폰만이 유일한 소통의 장이었다. 마음이 통하는 몇몇 친구들과 끊임없이 세상에 대한 불평을 쏟아내는 메시지를 주고받았다. 내용의 절반 이상은 엄마와 선생님들에 대한 욕이었다.

"미친 X."

아이가 엄마를 지칭하는 욕 가운데 비교적 가벼운 것이다.

아이는 세상과 점점 단절되어 가면서 손에서 스마트폰을 내려놓지 못했다. 그럼에도 연경 씨는 어리석게도 스마트폰을 공부에 이용했다. 공부를 몇 시간 하면 스마트폰 한 시간을 사용할 수 있도록 조건을 내걸었다. 아이는 엄마 욕을 하기 위해 하기 싫은 공부를 하는 시늉을 했다.

우리 아이들의 행복지수는 세계적으로 악명이 높다. 방정환재단과 연세대 사회발전연구소는 매년 초등생과 청소년의 행복지수를 조사해 국제 비교를 한다. 결과는 매년 우리가 꼴찌이다. 올해 역시 꼴찌였고, 설문조사에서 여전히 일곱 명 가운데 한 명이 가출이나 자살을 상상한다고 답했다.

잘 알려진 대로 아이들의 행복감을 방해하는 주원인은 지나친 학업 스트레스이다. 이로 인해 아이는 아파트 난간에서 떨어질 수도 있고, 우울증에 시달리며 청소년기를 고통스럽게 보낼 수도 있으며, 학교에 다니는 일조차 힘들어지게 될 수도 있다.

한 해 몇 백 명의 아이들이 자살하고 3만 명 이상의 아이들이 학교를 떠난다. 소아청소년 우울증은 그 수를 가늠하기 힘든 지경이다. 우울증까지는 아니더라도 전체 아이들의 3분의 1 정도가 학습 무기력을 호소한다.

사회 분위기나 문화가 원죄이지만 이 과정의 핵심은 역시 아이의 부모, 특히 엄마가 사회적 억압을 그대로 아이에게 전이하는 것이다. 아이들의 불행 위에는 언제나 어머니가 서 있다.

엄마의 자격

...

아이들은 아버지의 가르침을 받아야 한다고 말하지만 꼭 그런 것은 아니다. (……) 나는 이 아이를 별로 가르치지 않았지만, 옷을 단정하게 입지 않고 다리를 뻗고 앉거나 기대거나 눕거나 엎드려 있는 것을 본 적이 없다.

퇴계 이황의 어머니가 했다고 전해지는 말이다. 우리는 율곡 이이를 키운 신사임당의 이야기는 잘 알지만, 그에 버금가는 뛰어난 학자인 퇴계의 어머니에 대해서는 잘 모른다.

퇴계의 아버지는 그가 태어난 지 7개월 되는 때 죽었다. 퇴계는 홀어머니 손에 자랄 수밖에 없었고 7남매를 키워야 하는 미망인의 고충은 이루 말할 수 없는 것이었다.

퇴계는 평생 사람의 겸손과 공경의 중대성을 연구하고 강조한 학자인데, 그의 어머니 역시 겸손한 사람이었다.

오랫동안 퇴계학을 연구해 온 김병일은 《퇴계처럼》에서 퇴계를 만든 인물로 어머니 춘천 박씨를 첫째로 꼽는다. 《퇴계처럼》은 사실 평생 퇴계가 섬긴 여성, 퇴계를 만든 여성들의 숨은 이야기와 진실을 다루는 책이라고 할 수 있다.

책에서 유독 눈이 가는 부분은 퇴계의 어머니와 관련된 내용이다. 심리적인 문제를 안고 있는 아이들의 부모와 자주 상담하는 나로서는 그 아이들의 어머니들에게 들려줄 이야기들에 늘 눈이 먼저 간다.

퇴계의 어머니와 신사임당은 크게 비교된다. 퇴계의 어머니는 한학을 모르는 분이었다. 집안일과 누에치기에 여념이 없었던지라 글을 읽거나 그림을 그리고 있을 처지가 아니었다. 팔을 걷어붙이고 농사를 거들었으며, 집안 대소사며 사람들 챙기느라 눈코 뜰 새 없이 바빴다.

신사임당이 학문에 조예가 있어 자녀를 가르칠 수 있는 부모였던 반면, 박씨 부인은 자신의 삶으로 몸소 바른 삶을 보여주어야 했다.

퇴계는 어머니를 극진히 섬겼다. 어머니가 예순여덟에 별세했을 때는 식음을 전폐하며 슬퍼했다. 그야말로 꼬챙이처럼 말라 병을 얻어 목숨을 거의 잃을 지경에까지 이르렀다고 한다. 퇴계에게 어머니는 정신적인 지주였다.

퇴계는 어머니에 대한 극진한 사랑과 그리움으로 그 어머니의 면면을 알 수 있는 〈춘천박씨묘갈명先妣贈貞夫人朴氏墓碣識〉을 적었다.

아랫사람(하인)을 엄하게 대하면서도 은혜를 베풀어 스스로 신뢰하도록 했다. 길쌈을 하고 음식을 마련하는 일에 밤낮을 가리지 않았으며 조금도 게을리 한 적이 없었다. (……) 그 옆에 집을 지어 거처하면서 밤낮으로 농사짓고 누에치는 일에 매달리셨다. (……) 그러고는 자식들이 멀고 가까운 스승을 찾아 공부할 수 있도록 해주셨다.

언제나 훈계하시기를 "오직 문예에만 치중하지 말고 몸가짐과 행실을 삼가는 것에 주의를 기울이거라" 하면서 일러주셨는데, 그때마다 사물에 비유하여 가르침을 주시니 친절하고 절실한 깨우침이 아닐 수 없었다. 또 말씀하시기를 "세상 사람들이 과부의 자식은 교양이 없다고들 비꼬니, 너희는 남보다 백 배의 노력을 하지 않으면 이러한 비웃음을 어찌 면할 수 있겠는가" 하셨다.

어머니의 솔선수범을 보고 자란 퇴계 역시 흐트러질 리가 없었다.

연경 씨의 딸아이에게 버거운 학습량보다 더 큰 문제는 삶의 모델이 없다는 것이었다. 마음이 비뚤어져 있으니 공부의 의미에 대해서도 아는 바가 형성되기 어려웠다. 아이에게 공부는 어른들이 아이를 괴롭히기 위한 채찍에 지나지 않았다.

나는 연경 씨에게 아이 앞에서 책 읽는 모습을 얼마나 보여주는

지 물었다. 그녀는 아이를 방 안에 감금해 놓고 자신은 거실에 누워 드라마를 보았다. 아이의 매니저 노릇만 하려 들 뿐, 그녀 자신의 주체적이고 바람직한 일상이랄 것이 없었다. 늦게 들어오는 아버지에다, 노상 드라마나 보는 엄마 모습에서 아이가 본받을 것은 많지 않았다.

나는 연경 씨에게 《퇴계처럼》에 나오는 춘천 박씨 관련 부분을 읽어주었다. 엄마로서 제대로 섬기고 있고 섬김을 받고 있는지에 대한 질문에 그녀는 한참 말문이 막혔다. 공부가 아니라 인성이 먼저이고, 아이를 조종하기보다는 솔선수범이 먼저라는 평범한 진리가 그녀의 머리를 내리쳤다.

먼저 엄마의 삶이 견실해야 한다. 그 다음이 아이의 인성에 도움이 될 대화를 풍부하게 나누는 것이다. 아이의 학업을 챙기는 것은 마지막이다. 이 순서가 뒤집혀서는 안 된다.

만약 아이가 부모를 본받으려 하고 제 나이에 맞는 인성을 갖추었다면, 부모가 공부에 대해 잔소리할 일은 없을지 모른다.

그날 상담의 미션으로 연경 씨에게 《퇴계처럼》을 읽어오라고 권했다. 《퇴계처럼》은 읽기 부담스러운 책은 아니다. 책이 두껍지도 않을뿐더러 내용도 퍽 간략하다. 책은 퇴계의 정신을 설명한다기보다는 퇴계가 살았던 삶의 흔적들을 되짚고 있다. 안동 근방의 멋진 사진과 당시의 사회상을 알 수 있는 풍속화나 글귀들도 다채롭게 만날 수 있다. 나는 이 책부터 아이 앞에서 읽기 시작하라고 권유했다.

또한 잘못된 교육관에서 비롯된 우울감인지라, 연경 씨에게는 교육에 대한 주체적인 관점을 세우는 일이 우선이었다. 이를테면 명문대에서 입학해 쉬지 않고 고시공부를 하다가 우울증이 깊어진 한 청년의 사례를 동영상으로 보면서, 명문대 입학이 자녀의 행복이 아니라는 진실을 배워가는 식이었다.

연경 씨는 터무니없이 높은 하버드 대학생의 우울증이나 심리상담 비율을 듣고 깜짝 놀라기도 했다.

교육에 대한 바른 견해를 가지면서 연경 씨가 아이를 대하는 태도도 많이 달라졌다. 간섭과 비난을 점점 줄였고, 어느 주에는 아이게 잔소리를 거의 하지 않았다고 했다.

아이에게 부정적인 말을 하지 않으니 자신의 마음도 맑아져 간다고 했다. 부모는 아이에게 교육의 중요성에 대한 이해만 심어주면 되지, 직접 끌고 다니면서 아이를 가르쳐서는 안 된다는 생각도 굳혔다.

엄마가 아이의 성장에 대한 혜안이 없으면 아이는 불행해진다. 연경 씨는 자신과 아이의 심리 문제가 해결된 후에도 한 달에 한 번 나를 찾고 있다. 그 혜안을 얻기 위해서이다. 그녀는 엄마의 자격으로 세상에 대한 이해를 쌓아가고 있다.

··· 아버지가 사랑한다고 고백할 수 있을 때 ···

곤살로 모우레 / 페르난도 마르틴 고도이 《아버지의 그림 편지》

열 살 난 주환이와 아빠 성주 씨는 자리에 앉아서도 서로 짐짓 모르는 사람처럼 굴었다. 주환이는 자주 아버지에게 체벌을 당했다. 주환이는 아버지가 두렵고 싫었다.

주환이 엄마는 화에 휩싸여 아이를 사정없이 때리는 남편 때문에 무척 속상하지만, 이제는 그냥 받아들이고 오히려 주환이에게 맞을 짓을 하지 말라고 잔소리를 한다. 하지만 주환이는 계속 '맞을 짓'을 했다.

성주 씨는 자신이 주환이를 때리는 이유를 조목조목 열거했다. 하지만 그리 온당한 이유로 느껴지지 않았다. 가령 두 시간 동안 공부하라고 시켰더니 제대로 하지 않아 때렸다는 식이다.

그의 폭력은 유전이었다. 어린 시절 성주 씨도 아버지에게 자주 폭행을 당했다. 회초리가 아니라 주먹으로 얻어맞았다. 그때를 떠

내 가족의 안녕을 위해서라면

올리면 여전히 괴롭지만, 그는 자신이 겪은 대로 아이에게 되풀이하고 있었다.

성주 씨는 또 대단히 높은 스트레스 지수를 보였다. 아이에 대한 폭력은 감정 연습이 안 된 그가 사회생활에서 처리하지 못한 분노를 고스란히 배설하는 일이기도 했다.

주환이의 부모는 아이가 주의력에 문제가 많다는 담임선생님의 이야기를 듣고 그 문제를 해결하러 상담을 받으러 왔다가 엉뚱한 이야기를 들었다. 아이 탓이 아니라 부모 탓이라는 것이었다.

주환이는 불안한 아이였다. 아이의 산만함의 주 원인은 불안감 때문이고, 그 불안감은 부모의 비난과 폭력에서 비롯되었다.

주환이가 그린 그림에서는 아버지가 사라졌으면 하는 소망이 드러났다. 아버지는 형체를 알아보기도 어려웠고 희미했으며, 그림 구석에 처박혀 있었다. 아이는 아버지가 집에 없을 때가 더 마음이 편하다고 했다.

나는 주환이 아버지에게 〈파더 쇼크〉라는 다큐멘터리를 보였다. 부모의 부정적 감정과 언행이 고스란히 자녀에게 전해지고, 자녀는 자라서 다시 부모가 겪었던 상처를 답습한다는 내용이었다. 폭력의 피해자이자 가해자인 사례자들은 이렇게 말한다.

"술 취해 가족을 폭행하던 아버지를 증오해요. 어떤 애정도 없었어요. 아주 어렸을 때부터. 그런데 지금 나의 모습은 아버지를 똑같이 닮아가고 있는 거예요. 그게 저를 더 힘들게 해요."

폭력은 폭력을 낳을 뿐이다. 고통은 고통을 낳을 따름이다. 주환이 아버지는 다큐멘터리 사례자들의 이야기가 모두 자기 이야기라고 토로했다.

그는 앞으로 최대한 체벌을 자제하겠다고 했다. 나는 되받았다.

"아니, 지금부터 폭력은 금지입니다."

많은 부모들이 자녀에 대한 자신의 폭력을 대단한 명분을 가진 일로 착각한다. 그러나 주환이는 성주 씨의 희생양이었다.

"주환이한테 필요한 것은, 체벌이나 비난이 아니라 따뜻한 위로와 사랑입니다."

상담을 하면서 나는 아버지와 아들의 관계를 회복하는 데 도움이 될 만한 영화와 책을 자주 소개했다. 세 번째 상담에서 물으니, 성주 씨는 로베르토 베니니 감독의 〈인생은 아름다워〉를 보지 못했다고 했다. 나는 옳거니 하고는 다음 상담까지 꼭 보고 오라고 했다. 가급적이면 주환이와 함께 보라고 권했다.

어린 아들과 함께 나치 수용소에 갇힌 귀도가 아들의 동심을 지켜주기 위해 참혹한 수용소를 마치 휴양지나 낙원인 것처럼 가장하기 위해 벌이는 일련의 일들이 이 영화의 내용이다.

영화 막바지, 귀도는 나치에 잡혀 총살을 당하기 직전에 아들 앞에서 한 번 더 극적인 연기를 펼친다. 죽음을 직면한 바로 그 순간에도 귀도는 아들이 마지막으로 기억하게 될 아버지의 아름다운 미소를 선사한다.

다음 상담에서 성주 씨는 영화를 보며 속으로 눈물을 흘렸다는 고백을 했다.

사랑한다고 말하는 것

...

〈인생은 아름다워〉 외에 스페인 동화 작가 곤살로 모우레의 《아버지의 그림 편지》도 권했다. 나는 성주 씨에게 이 동화를 읽고 주환이와 대화를 나눠보라는 과제를 내주었다.

《아버지의 그림 편지》 줄거리는 이렇다.

마이토는 가난한 판자집에 사는 집시촌 아이이다. 그리고 유럽을 떠도는 집시들이 그렇듯 그들은 자주 박해를 당한다. 어느 날 마이토의 아버지는 아무 이유 없이 감옥에 가게 된다. 꼬마 마이토는 감옥에 있는 아버지에 편지를 보낸다. 그런데 마이토의 아버지는 글씨를 몰랐다. 그래서 그림으로 된 답장을 아들에게 보낸다.

그림 속에는 턱수염이 난 긴 곱슬머리의 남자가 웃고 있었습니다. 의심할 여지없이 그건 아버지였어요. 머리를 기른 것입니다. 전에는 머리가 짧았으니까요. 턱수염은 전과 같았습니다. 뺨과 목으로 내려오는 수염은 짧게 잘라져 있었습니다.

그림 속에서 아버지는 화분들에 둘러싸여 있었어요. 열 개에서 스무

개 정도 되는 화분에는 커다란 나무들이 심어져 있었고, 나무에는 꽃들이 만발해 있었습니다. 아버지와 화분들 위로는 커다란 태양이 빛나고 있었고, 하늘에는 새 한 마리가 날고 있었습니다. (……) 수산나 선생님이 물었습니다. "뭐라고 쓰여 있니?" (……) 마이토는 눈을 감았습니다. 그러자 꽃과 화분들이 색깔을 되찾고 생명을 되찾기 시작했습니다. "무척 잘 지내고 계시대요. 정원 돌보는 일을 하고 계신대요."

집시 아이들을 제 자식처럼 돌보는 수산나 선생님 덕분에 마이토는 용기를 잃지 않고 아버지와 계속 편지를 주고받을 수 있었다.
어느 날 아버지로부터 한 통의 편지가 도착한다.

안녕 판티토 놀라지 안았니? 이제 나도 글짜를 쓸 쭐 안다 나는 잘 지낸다 너도 잘 지내지 판두로

오자투성이에 삐뚤빼뚤 그려진 글자를 보고 마이토는 몹시 실망한다. 아버지의 그림 편지가 전하던 풍성하고 따뜻한 감성을 느낄 수 없었기 때문이다. 그러자 수산나 선생님은 아버지의 사랑을 설명해 준다. 아버지가 마이토에게 감동을 주기 위해 교도소에서 열심히 읽기와 쓰기를 배웠던 것이라고. 결국 아버지는 출소하고 아들과 아버지는 감동의 재회를 한다.
성주 씨는 아들을 아끼고 사랑하는 마음만은 자신도 마이토의 아

버지와 다름없다고 했다. 하지만 책을 읽고 주환이와 이야기를 나누는 일은 고역이었다고. 한 번도 그래본 적이 없을 뿐만 아니라, 아이에게 사랑이 실린 말로 자신의 마음을 전하는 일이 무척 힘들었기 때문이다.

그는 누군가에게 자신의 마음을 솔직히 표현하는 것은 있을 수 없는 일이라 믿어왔다. 상처는 사람을 사랑하기 힘든 존재를 만든다.

나는 책을 읽고 느낀 점을 글로 적어보자고 했다. 내친 김에 주환이에게 편지를 써보자고 했다. 이 역시 성주 씨로서는 초유의 일이었다.

그의 편지는 서툴지만 따뜻했다.

사랑하는 내 아들, 주환아. 아빠는 늘 너를 위해 노력하고 있단다. 아빠가 늘 화만 내고 주환이한테 따뜻한 말을 잘 못한 것 참 미안하다. 앞으로 아빠가 많이 노력할게.

아이에게 사랑한다는 말을 꺼내기 시작한 성주 씨의 변화는 차츰 무르익었다. 나중에는 하루에 몇 번이나 사랑한다고 말하기 시작했다. 아버지의 진심어린 사랑의 표현을 마주하며 주환이의 불안과 우울은 옅어지기 시작했다. 아빠의 눈치를 흘금흘금 살피는 버릇은 남아 있었지만, 전처럼 남을 대하듯 하지는 않았다. 아빠의 스킨십을 기분 좋게 받아들이는 모습도 볼 수 있었다.

상담의 막바지에 성주 씨에게는 대단히 어려운 과제가 주어졌다. 자신의 아버지를 찾아가 안아주고, 사랑한다고 말하라는 것이었다. 성주 씨에게는 상처받은 유년을 치유하고 극복하는 일이 관건이었기 때문이다.

성주 씨는 아버지와 거의 왕래를 끊고 있었다. 대학 시절 어머니가 돌아가시고 새장가를 든 아버지와는 이제 남남이었다. 어머니가 없는 집에 갈 일은 없다고 했다. 불가능한 일이라고 했다. 하지만 나는 거듭 요구했다. 그렇게 하지 않으면 완전한 내면 치유는 이루어질 수 없다고.

어느 날 성주 씨는 아버지에게 갔다 왔다. 마침 아버지가 손자가 보고 싶다는 전화를 걸어온 것이다. 아버지는 성주 씨로서는 난생처음 보는 애정 표현을 하며 주환이를 끔찍이 대했다. 성주 씨는 복잡 미묘한 감정을 느꼈다.

하지만 끝내 사랑한다는 말은 할 수 없었다. 대신 아버지에게서 잘해주지 못해 미안하다는 이야기를 들었다. 나는 다음 번에 기회가 있을 거라고 이야기했다. 성주 씨도 이젠 완강히 그럴 수 없다고 말하지는 않았다.

… 그 사람과 다시 살아도 될까? …
에리히 캐스트너 / 발터 트리어 《로테와 루이제》

지예 씨는 최근 남편과 다시 살림을 합쳤다. 2년쯤 별거한 후였다. 순전히 아이들 때문이었다.

어린 아들은 자신이 키웠고, 초등학교 다니던 첫째 딸아이는 남편, 정확히 말하면 시어머니 집에서 지냈다. 가끔 만나긴 했지만 딸아이는 엄마를 몹시 그리워했다. 아들 역시 한 달에 한 번 아빠가 놀아준 저녁에는 울며 아빠를 붙잡고 놓아주지 않았다.

결국 지예 씨는 다시 한 번 같이 지내보자는 결심에 이르렀다. 하지만 다시 살림을 합치면서 한동안 잠잠했던 둘의 갈등 역시 커졌고, 이러다가 정말 이혼에 이르지 싶어 상담을 청했다.

별거하는 동안 지예 씨는 남자친구 없이 지냈지만 남편은 몇 달에 걸쳐 한 여자와 교제했다. 그런데 여자친구를 사귀어보니 아내의 소중함을 알겠더라는 것이었다. 결정은 지예 씨가 내렸어도 합칠 것을 종용한 쪽은 남편이었다. 재결합하며 지예 씨가 가장 고통스러웠던 점은 다른 여자를 사귀었던 남편을 포용하는 일이었다.

이런 별거와 재결합 과정에서 마음을 다치는 것은 부부만이 아니다. 더 큰 심적 부담과 고통이 가해지는 쪽은 아이들이다. 딸 다솜이는 이미 소아우울증 증상을 보이고 있었다. 책을 무척 좋아하는 다솜이는 여러 권의 치유서를 나와 함께 읽었다. 그 가운데 에리히 캐스트너의 《로테와 루이제》는 오히려 다솜이보다 지예 씨가 더 감동을 한 작품이다.

에리히 캐스트너는 《하늘을 나는 교실》로 우리에게도 친숙한 독일의 아동문학가이다. 그는 살아생전 나치의 박해 등 숱한 고난을 겪었지만 희망과 순수성을 잃지 않는 여러 작품을 남겼다. 내가 무척이나 아끼는 문학가이기도 하다.

《로테와 루이제》의 원제는 《두 사람의 로테Das Doppelte Lottchen》로, 1949년 출간된 이래 많은 이들의 사랑을 받았다. 어린 시절 부모가 이혼하며 헤어졌던 쌍둥이 자매가 우연히 캠프에서 만나 서로의 존재를 확인하고, 서로 바꾸어 엄마와 아빠의 집에 찾아가면서 벌어지는 해프닝과 에피소드들을 담은 유쾌한 동화이다. 어린 린제이 로한이 쌍둥이 역할을 능청스레 연기한 영화 〈페어런트 트랩〉의 원작이기도 하다.

캠프에서 만난 로테와 루이제는 서로의 눈을 의심한다.

갑자기 아이의 눈이 휘둥그레졌다. 아이는 루이제를 뚫어지게 쳐다보고 있었다. 루이제도 똑같이 눈을 크게 떴다. 루이제도 놀라서 그 아이 얼굴을 쳐다보았다. (……) 대체 무슨 일일까? 루이제와 그 아이는 혼동할 정도로 똑같이 생긴 것이었다! 한 아이는 기다란 곱슬머리였고, 한 아이는 야무지게 꼭꼭 땋은 머리였다. 하지만 다른 점이라고는 정말 머리 모양 하나뿐이었다!

캠프의 지도교사들은 두 아이가 쌍둥이일 것이라고 생각하고 두 아이를 한방에서 지내도록 한다. 처음에는 다투던 로테와 루이제는 서로에 대한 이야기를 나누다가 둘의 생년월일이 같은 것을 안다.

그 후부터 차츰 서로가 쌍둥이라는 사실을 깨닫는다. 부모가 이혼하면서 독일 뮌헨과 오스트리아 빈에 각각 떨어져 살게 되었다는 사실도.

그리고 각자 이름을 바꿔 엄마와 아빠에게 돌아가기로 공모한다. 로테는 빈에 사는 아빠에게, 루이제는 뮌헨에 있는 엄마에게 돌아간다. 차분하고 여자아이다운 로테에 비해 루이제는 말괄량이에 씩씩한 성격이다. 루이제는 로테가 되면서 평소 로테를 괴롭히던 남자아이를 혼내주기도 한다.

그런데 아빠에게는 결혼을 목적으로 쫓아다니는 여성이 있다. 두 사람이 결혼할 것이라는 사실에 신경성 열이 난 로테는 앓아눕는다. 이 사실을 알게 된 엄마와 루이제는 아빠가 사는 빈으로 찾아가고, 엄마와 아빠는 우여곡절 끝에 다시 결합한다.

지예 씨는 다음 장면에서 눈시울을 붉혔다. 로테 역할을 하며 지내던 루이제를, 이 아이가 루이제일지 모른다고 엄마가 알아채는 장면이다.

쾨르너 부인은 지나가는 말처럼 한 마디 던졌다.

"너 요리를 정말 빨리 배웠구나!"

루이제는 명랑하게 대답했다.

"그렇죠? 이렇게 빨리 배울 거라고는 생각도 못……"

루이제는 깜짝 놀라 말을 멈추고는 입술을 깨물었다. 엄마가 제발 눈치 채지 못했으면! 문에 기대어 서 있던 쾨르너 부인의 얼굴이 창백해졌다. 하얀 벽만큼이나 창백해졌다. 루이제는 열린 찬장에서 그릇을 꺼냈다. 마치 지진이라도 난 것처럼 접시가 덜거덕거렸다.

쾨르너 부인은 가까스로 입을 열었다.

"루이제!"

쟁그랑! 접시가 바닥에 떨어져 산산조각 났다. 루이제는 깜짝 놀라 눈을 동그랗게 떴다.

"루이제!"

쾨르너 부인은 부드럽게 딸의 이름을 부르면서 한껏 팔을 벌렸다.

"엄마!"

루이제는 달려들어 엄마의 목에 매달렸다. 그리고 엉엉 울었다. 쾨르너 부인은 무릎을 꿇고 앉아 떨리는 손으로 계속해서 루이제를 쓰다 듬었다.

　2년 만에 다솜이가 다시 엄마와 살게 된 날, 다솜이 역시 한참을 엄마를 안고 놓아주지 않았다. 이 부분을 읽으며 지예 씨는 그날이 계속 떠올랐다고 했다.

모든 부부에게는 사랑했던 시절이 있다
...

지예 씨 부부는 깊이 사랑하던 사이였다. 하지만 결혼을 하며 서로 에게서 전에는 본 적 없던 단점들을 발견하고 차츰 실망해 갔다. 가 령 남편은 지나치게 꼼꼼한 지예 씨의 성격이, 지예 씨는 늘 남의 이야기에 좌지우지되는 그의 우유부단한 성격이 못마땅했다.

　첫째를 낳은 후 둘의 기싸움은 점점 심해졌다. 좀 나아지려나 싶 어 둘째를 낳은 후에도 갈등은 좀처럼 풀리지 않았다. 결국 둘째가 세 돌이 될 무렵 두 사람은 별거에 들어갔다.

　처음 상담실에 들어온 날도 둘의 기싸움은 팽팽했다.

　나는 가족은 사랑의 공간이지, 세력 다툼의 링이 아님을 반복해 서 상기시켰다. 나는 노트에 커다랗게 태극 모양을 그려 보이며 단 호하게 말했다.

"이 태극 모양처럼 한없이 모자란 두 사람이 만나 부족한 점을 채우는 것이 부부이고 가족입니다. 누가 누구를 지배하고 자신의 세력 아래 두고자 애쓰는 파워게임이 아닙니다."

두 사람에게는 자신들의 열렬했던 사랑을 떠올리도록 하는 상담이 필요했다. '이마고 부부관계 치료(Imago Relationship Therapy)'라는 것이 있다. 부부 각자의 어린 시절 상처나 부부가 풀지 못하는 미해결의 과제에 집중해 서로의 힘겨루기나 갈등을 다양한 '관계'들 속에서 풀어내는 치료법이다.

이마고 부부관계 치료 과정에는 '첫사랑 회복하기'가 있다. 상담의 조력자는 눈을 감고 사랑이 넘쳤던 연애 시절이나 신혼 때를 회상하자고 한다. 그리고 서로를 안아주게 하고, 함께 바라보며 즐겁게 웃도록 이끌면서 첫사랑 회복을 돕는다.

두 사람은 서먹해하면서도 내가 이끄는 대로 잘 따라하며 둘에게 여전히 사랑이 남아 있음을 확인할 수 있었다. 사랑이 있으니 난관을 이겨낼 수 있을 터였다.

나는 몇 가지 상호작용을 연습할 것도 주문했다. 가령 서로의 어린 시절에 대해 경청하고 깊이 공감해 보기나 서로의 분노감에 대해 조심스럽게 물어보기 등이었다.

다솜이에게도 특명이 내려졌다. 다솜이는 엄마 아빠가 다시 사랑할 수 있다면 무슨 일이라도 하겠다며 열성을 보였다. 나는 엄마 아빠에게 둘이 함께 자신을 안아달라고 자주 요청할 것, 로테와 루이제처럼 엄마와 아빠가 깜짝 놀랄 만한 일을 만들 것, 엄마 아빠가 다툴 때 속상한 감정을 표현할 것 등을 주문했다.

대미는 《로테와 루이제》를 영화화한 〈페어런트 트랩〉이 장식했다. 이런저런 사정으로 이 영화 감상을 미뤄왔던 가족은 상담이 무르익을 즈음 함께 영화를 보았다. 온 가족이 거실에 둘러앉아 영화를 보면서, 멋모르는 둘째만 빼고는 아내도 남편도 딸도 기쁨의 눈물을 흘렸다.

나는 그 다음 상담에서 질문을 던졌다.

"그날 밤 기적 같은 사랑의 꽃이 피지 않았나요?"

순간, 지예 씨와 남편은 서로를 바라보며 따뜻한 웃음을 지어 보였다. 나는 둘을 일으켜 세우고 힘껏 껴안도록 했다. 둘은 그렇게 한참을 껴안고 있었다.

부록

심리치유에 도움이 되는 자료들

Chapter 1

루시 모드 몽고메리, 《빨간 머리 앤》, 시공주니어

미셸 보바, 《양육 솔루션》, 물푸레

미치 앨봄, 《모리와 함께한 화요일》, 살림출판사

미하엘 엔데, 《모모》, 비룡소

버지니아 울프, 《올랜도》, 평단문화사

셸 실버스타인, 《아낌없이 주는 나무》, 시공사

샐리 포터, 〈올란도〉, 1993년

Chapter 2

그레이엄 베이커 스미스, 《아버지의 꿈》, 노란상상

도로시 허먼, 《헬렌 켈러 - A Life》, 미다스북스

미카엘 두독 데 비트, 〈아버지와 딸〉, 2001년

KBS 다큐멘터리, 〈매트 위의 작은 영웅, 더스틴 카터〉, 2008년

사라 스튜어트 / 데이비드 스몰, 《리디아의 정원》, 시공주니어

제임스 J. 크라이스트, 《괜찮아 괜찮아 두려워도 괜찮아》, 길벗스쿨

알랭 드 보통, 《불안》, 은행나무

오토다케 히로타다, 《오체불만족》, 창해

펄 벅, 《아주 특별한 선물》, 길벗어린이

헨리크 입센, 《인형의 집》, 열린책들

Chapter 3

강밀아 / 최덕규, 《착한 아이 사탕이》, 글로연

김희경 / 이보나 흐미엘레프스카, 《마음의 집》, 창비

댄 베이커, 《인생 치유》, 뜨란

볼프 에를브루흐, 《내가 함께 있을게》, 웅진주니어

버지니아 울프, 《자기만의 방》, 민음사

베르너 홀츠바르트 / 볼프 에를브루흐, 《누가 내 머리에 똥 쌌어》, 사계절

빅터 프랭클, 《죽음의 수용소에서》, 청아출판사

셸리 케이건, 《죽음이란 무엇인가》, 엘도라도

조지 베일런트, 《행복의 완성》, 흐름출판

이정우, 《사건의 철학》, 그린비

오 헨리, 〈마지막 잎새〉, 지경사

올리버 제퍼슨, 《마음이 아플까봐》, 아름다운사람들

웨인 다이어, 《행복한 이기주의자》, 21세기북스

EBS 다큐멘터리, 〈약자들의 등불이 되다. 오프라 윈프리〉, 2013년

채인선 / 안은진, 《나는 나의 주인》, 토토북

크리스토프 앙드레, 《나라서 참 다행이다》, 북폴리오

Chapter 4

데이빗 프랭클, 〈악마는 프라다를 입는다〉, 2006년

루이스 캐롤, 《거울 나라의 앨리스》, 시공주니어

로버트 프로스트, 〈가지 않는 길〉, 저자 번역

모리스 마테를링크, 《파랑새》, 현북스

몰리뱅, 《기러기》, 마루벌

법륜, 〈결혼을 못했습니다〉, 2013년(http://www.youtube.com/watch?v=urGq8zjQo50&
feature=youtu.be)

장 지오노 / 프레데릭 백, 《나무를 심은 사람》, 두레아이들

일레인 N. 아론, 《타인보다 더 민감한 당신》, 웅진지식하우스

일레인 N. 아론, 《섬세한 사람에게 해주는 상담실 안 이야기》, 디어센서티브

EBS 다큐멘터리, 〈세기의 여성들 – 코코 샤넬〉, 2013년

퍼트리샤 마이어 스팩스, 《리리딩》, 오브제

프레데릭 백, 〈나무를 심은 사람〉, 1987년

Chapter 5

김소운, 〈가난한 날의 행복〉, 범우사

김정운, 《나는 아내와의 결혼을 후회한다》, 쌤앤파커스

임상수, 〈바람난 가족〉, 2003년

임상수, 〈처녀들의 저녁식사〉, 1998년

에리히 프롬, 《사랑의 기술》, 문예출판사

안톤 체호프, 〈귀여운 여인〉, 시공사

SBS, 〈그것이 알고 싶다 – 결혼에 인생을 건 사람들〉, 2004년

KBS 스페셜 〈수단의 슈바이처 故 이태석 신부 – 울지마, 톤즈〉, 2010년

샤를 페로, 〈신데렐라〉, 비룡소

신영복, 《나무야 나무야》, 돌베게

존 라이트, 〈오만과 편견〉, 2005년

존 M. 고트맨(존 가트맨) / 낸 실버, 《행복한 부부, 이혼하는 부부》, 문학사상사

카트린 브레야 감독, 〈로망스〉, 1999년

Chapter 6

곤살레 모우레 · 페르난도 마르틴 고도이, 《아버지의 그림 편지》, 푸른숲

공지영, 《무소의 뿔처럼 혼자서 가라》, 오픈하우스

김병일, 《퇴계처럼》, 글항아리

낸시 마이어스, 〈페어런트 트랩〉, 1998년

레프 니콜라예비치 톨스토이, 《바보 이반》, 대교출판

로베르토 베니니, 〈인생은 아름다워〉, 1999년

미셸린느 먼디 / R.W. 앨리, 《화가 나는 건 당연해!》, 비룡소

에리히 캐스트너 / 발터 트리어, 《로테와 루이제》, 시공주니어

에리히 캐스트너 / 발터 트리어, 《하늘을 나는 교실》, 시공주니어

EBS 다큐프라임, 〈아이의 사생활 – 도덕성〉, 2011년

틱낫한, 《화》, 명진출판사

당신이 이기지 못할 상처는 없다

1판 1쇄 발행 2014년 4월 15일
1판 6쇄 발행 2015년 9월 10일

지은이 박민근
펴낸이 고영수

경영기획 고병욱 **책임편집** 김진희, 이혜선 **외서기획** 우정민
마케팅 이원모, 이일권, 김재욱, 이미미 **제작** 김기창
총무 문준기, 노재경, 송민진 **관리** 주동은, 조재언, 신현민

펴낸곳 청림출판
등록 제1989-000026호
주소 135-816 서울시 강남구 도산대로 38길 11(논현동 63)
　　　413-120 경기도 파주시 회동길 173(문발동 518-6) 청림아트스페이스
전화 02)546-4341 **팩스** 02)546-8053

www.chungrim.com
cr1@chungrim.com

ISBN 978-89-352-1004-6 (03810)

값 14,000원
잘못된 책은 교환해 드립니다.